啊，请把我那少年时代还来，

在那时有诗的涌泉奔涌新醅，

在那时有雾霭一层为我遮笼世界。

未放的蓓蕾依含着奇胎，

在那时我摘遍群花，群花开满山谷。

我是一无所有又万事俱足。

—— 歌德《浮士德》

旅行是为了认识我的地盘。

—— 马赛尔·雷雅《疯人的艺术》

巴黎美学札记

胡晓明◎著

华东师范大学出版社

目录

005   另一种现代性的精神行旅（自序）

012   胡天胡帝的蒙娜丽莎
017   元气淋漓的毕加索
021   莫奈的轻金荡漾

028   只是用星星，代替了江月
031   那地中海深处缥缈绰约的精灵
037   塞尚的"缘在"
040   蒙马特的葡萄园
045   库尔贝的启示
048   埃菲尔铁塔四义
052   索邦大学书店的老子格言
056   蓬皮杜的天真
060   凯旋门与拉德方斯
065   盖·布朗利博物馆

071　巴黎圣母院的晨昏

078　塞纳河畔听歌

083　巴黎的跳蚤市场

087　拉雪兹神甫公墓的夕阳

093　幻影幢幢的街市

097　塞纳河书画摊

102　法语与法国的"大国"意识

106　雨果是浪漫主义作家么？

111　汉学图书馆

116　法国学者中的双面剑客

123　与H教授谈现代性

127　路易瓷盘里的消息

131　向菲亚克提问题

136　符号的巴黎

145　萨尔茨堡书简

149　　穿越国境线

155　　汉堡的中国文化创意

160　　大森林里的诗学

169　　啊！海涅

172　　在汉堡讲中国文化

174　　访托马斯·曼的故乡

177　　维诺那

180　　罗马的黄昏

187　　最迷你

189　　尚贝里途中（外二首）

191　　附录：不是美学之外：文化形象传播的故事

另一种现代性的精神行旅（自序）

去哪里可以找到去年冬日的雪？

——弗朗索瓦·维永（法国中世纪诗人）

X

这本巴黎美学笔记，不是一般的欧洲游记，也不是一般的谈艺录，而是我生命中一段因缘的回报，是一种轮回式的精神行旅，是自我心灵的聚散修复，以及在此过程中生命与生命的彼此照面。

人一生的命运之旅，似乎有一种看不见的逻辑。正如佛家所说的因缘与种子。我的生命中注定了要来巴黎这样的地方走一遭，然后留下这些长长短短的文字。

历史有时候要由个人生命来讲述的。中国二十世纪下半叶的历史，在正统的史家叙述里，似乎可以简化为：由革命到开放的历史，从政治运动到经济发展的历史。然而在我这样的亲历者看来，这个简化的叙述粗暴地遮蔽了其中的曲折与回旋：譬如，革命的主流中有不革命的活动，经济的转型中有文化的追求。指出这个"曲折与回旋"有什么意义呢？至少可以表明：现代化绝非单线、一种模式的，经济现代化的大潮，在八九十年代，尽管完全淹没了其他现代化的需求，然而不可能根本消灭这种需求，历史记忆深处必定会留下文化生命的精神种子，而当事人的记忆书写，不仅是记录、保存，而且召唤深藏的精神复苏。

近四十年前，二十世纪七十年代后期，我是一个十七八岁的年轻工人。一般人认为，那年头完全是文化浩劫与文化沙漠的时期，然而我们那里却是"阳光灿烂的日子里"文化的绿洲。这里是有一个特殊的机缘的。我所在的东方机床厂，原来是从山东济南迁入贵州黔东南自治州，远在都匀市郊剑江河畔的一间中型工厂。然而正因为它并非兵工厂（迁入贵州的许多任务厂，大都是兵工厂，往往在深山里），因而可以大批招收来自全国南北各地许多名牌大学的大学生。我们那小小的楼道里每天都要遇到的人物，真的是海纳百川。他们不仅有学文科的，而且居然有学美术、学音乐与戏剧的大学生，不仅如此，那些学工、学医的大学生，也都有着相当多的爱好与相当浓的读书兴趣。也正是因为这些来自北京、上海、重庆、长沙、武汉、哈尔滨等地身怀绝技的文理科大学生，相聚一地，彼此交流（他们都是单身），使得这座工厂的文化含金量，远远超过今天大学里的研究生院，简直就是北京上海广州这样的大城市里才有可能出现的导师制的书院或自由民间的文化沙龙。我们在工厂的八年，几乎就是自修了从本科到硕博的社会大学。

因而，每个黄昏与周末，我们都会聚在单身宿舍开敞的大阳台上，一边吃饭喝茶吹风乘凉，一边自由讨论各种话题；每个夜班的休息时间，我们都会团团围坐在冬天的火炉或在夏夜的星光下，听口才与知识俱佳的师傅们讲莫泊桑、梅里美、高尔基或中国古代的故事。我们跟北京外语学院的大学生学习德语的同时到剑江边看星象，又跟同济大学的大学生学油画水彩画或跟重庆医学院的大学生学打桥牌。我们每个青工的枕头边，天天都新新不已，有西方或俄罗斯、日本的小说、诗歌、戏剧作品或理论书籍，发黄的、翻得破损的、或手抄的，不停传阅着。不久从滇缅边境走私来了录音机，秘密传递中，还加上了邓丽君等人的磁带。我记得第一次在深夜的小屋子里，大家围坐着，屏息静心谛听从一个散发着塑料与金属混和气息的黑色小盒子里，如何摇漾而出的天籁般的歌声。

巴尔扎克、莫泊桑、雨果、毛姆、狄更生、斯汤达尔等作家的作品，就是那样走进我的世界。这确是此生读书最为享受的时期。对我们来说，这才是西方文化与艺术的真正启蒙时代。后来读大学，在八十年代的浓厚读书氛围里，虽然书如海、思如潮，我们从来没有感觉到消化不了，就是因为已经在工厂里炼成了一副强大的阅读胃。这个底子，也使得我们在中西文化新知的海洋中游泳不知疲倦。

可见，对时代的抵抗是各种形式的。封闭中的开放，革命中的不革命，政治暴力底下的文化追求，阴风苦雨中的阳光灿烂，这样的历史才是我们的亲历。也正因为历史是这样的，历史的多样性才是可能的。

因而我这一辈人学术思想的渊源并不单一。我对古典中国的亲近，有特殊的机缘。然而对西方艺术的接受，也更有一个特别的机缘，就是我的两个弟弟。一个学小提琴（后来曾上海音乐学院学习，师从盛中国），一个学西洋画（后来曾考取中央美院壁画系，师从侯一民），我学文学，再加上一个崇拜文学的母亲，邻居们羡慕得要死。我们家就是沙龙，母亲就是沙龙的女主人。七十年代末八十年代初那些年，三弟兄常常在一起谈论什么是奏鸣曲，什么是毕加索的蓝色时期。如果这样下去的话，我们的成就都不止于今天。当然，后来很快变成一个美丽的泡沫。我们当时都喜欢一本很有影响的书，即又谈文学，又谈音乐与绘画的《傅雷家书》，后来，我在给上海电视台纪实频道播出的《大师》中写过一段文字：

《傅雷家书》不仅是一本神圣的书，我们刚刚从文化的浩劫中走来，对于那种用生命来守住文明价值的劫后余灰，有一种如见啼鹃之血的悲壮美感，而且，对于我们更为特殊的是，里面有三样那个时代最爱的东西：文学、美术与音乐。我的两个弟弟，与我读文学一样，正在艺术学校狂热地学习音乐、学习美术，我那时就感觉《傅雷家书》不仅是写给傅聪傅敏的家书，而且也是写给我们三兄弟的家书。

对于我们来说，那本书与西方以及现在谈艺术的书最大的不同，即它的又亲切随意，又高远正大，这是很难放在一起的品质，但是《傅雷家书》却奇妙结合在一起。《傅雷家书》的语气、内容，绝没有教科书式的、理论家式的或教师式的过于严肃、或过于高调、过于严谨系统的架子，总是娓娓道来，温暖有情，有一种似乎是灯下读私信的亲密感。然而家书的整个格调又是气味纯正、意思深长，来不得半点游戏心情，好像是灯下打开秘宝的神圣感。再一个就是我当时非常惊讶傅雷能够将孔子孟子、中国文化做人的道理、自然的哲思和隐秘的诗意，与莫扎特、巴尔扎克、罗曼·罗兰等，那么水乳交融地结合在一起，从中可以真切地感受到人文主义者通过丰厚悠久的文明遗产，可以达到的思想深度，这决定性地引领了我走上人文主义的漫长道路。又随意又端然，又人情味又书卷气，对于中国与西方都有深度的理解，一路伴随着交响乐的回旋与五彩斑斓的油画风光，以中西文艺的美好来塑造现代人生的美好，这就是傅雷留给我们的印象。

但是这样的日子很快过去。八十年代中后期，整个神州大地，很快就进入了全球化过程的一个大市场。目标校正了，全国人民很快把刚刚打开的书本遗弃了。欲望如一头醒狮。不要说我们三兄弟，大部分中国知识人都变得实惠，进入了所谓的职业化知识运作系统，市场、金钱，成了中国人生活中最大的中心。市场法则就像万有引力，大家都逃无可逃。而金钱则是定海神针，摇动一下，中国人的生活世界就会晃三晃。我每次回家，都发现家庭已经变得完全没有文化气息了，故乡的城市变得完全没有灵气了，真是恍若隔世。死相一般的疯狂，大家都要处心积虑想如何找钱。尽管母亲还那样一如既往地从精神与经济上支持着我攻读学位，然而弟弟们的艺术开始有了某种不安与焦虑，亲戚们也会带着一种同情的眼光看着我说："你快毕业了吧？快了快了，快熬出来了。"

2007年夏天与秋天，我有一个机会到巴黎做访问学者。于是，那些年，我们一起追的艺术，后来被抛弃的艺术，一下子全都复活，生命忽然有一个转身，朝着初恋的日子与曾经许过的愿。好像是本来一条路走到头，单调而重复，忽然有一个重新找路的机会，丘峦起伏、移步换形、柳暗花明。我忽然觉得成了自己生命可以暂时做主的主人，我也有一个机缘来将我个人的启蒙时期没有来得及写下的文字，重新写出，塞纳河的歌声、教堂的钟声、摇漾风前，就像那些年传递邓丽君歌声的黑盒子。双神咖啡馆里咖啡的香气，溢满字里行间。

2011年在台湾"中央"大学做客座教授。中大有一个全台湾都非常羡慕的艺术电影院。我每周在其中看三四场电影。有一天,看完伍迪·艾伦的《午夜巴黎》,我忽然怀念起巴黎的那些日子,随手写下一段博文:

> 那是八月暮色里的塞纳——马恩省河畔,我漫步桥头/河上传来游艇的汽笛声声/河边破旧的老钢琴,轻扬流浪艺人熟悉的琴声/一群巴黎的天真老少,随着他的琴声欢声合唱/美丽的白云变幻鬼脸,与游艇一起在波心飘荡/泛舟的人与岸上的歌者相互挥手,兴奋致意,桥头上一个黑人笑着迎面走来/树下那长发的姑娘在低头看书/一群白鸽刚刚从水面掠过,往巴黎圣母院的尖顶上飞去——我深深呼吸一口气:一个诗的季节已经到来。

在伍迪·艾伦的电影里,有的是二十世纪二十年代巴黎现代性初起时的生香活色,天才艺术家精灵的光彩照世,有的是几千年欧洲文明精彩的厚积而发。对比我们今天时代的平庸、苍白、单一与金权霸道,以及反讽所谓"黄金时代思维"方式的无奈、无力与无智慧,生命就该在对的时间、对的地点,做对的事情,老伍的小布尔乔亚式的老欧洲浪漫情结,亦令人一唱三叹。海明威名言"巴黎是一座流动的盛宴",对于我这样在盛宴边上度过夏天与秋天,饱看四十多座博物馆,多少领略欧洲文明的深厚积累于万一的人来说,是心里永远珍藏的美好意象。我决定把这些长长短短的文字,整理出来出版。

怀特海在《古典文化在教育中的地位》里说,尽管古典文学艺术的才能成为能力的代名词，这个时代已经不复存在，但是以古典文学艺术为主要基础的教育，使受教育者得到愉悦和品德修炼，这已为近代几百年以来的经验所证明。然而，这样的古典教育，必须从特定的、对个人理解来说是具体而明确的事实开始，必须逐步发展成为一般的思想概念。

这里面的要义是：第一，任何真正的人文主义的艺术素养，都应该在个人经验、生命体悟与感性材料的基础上进行的。换句话说，艺术教育与修养，绝不是某种单一的技术与专业的事情，而是生命本身的事情，是与记忆、回想、直觉、想象力、感受性、细节、梦思、幻觉或激情以及诗歌意象与戏剧感等个人心理形式相联系而完成的，从艺术本身去学艺术，往往学不到真正的艺术。第二，真正的古典艺术教育，不是玩玩而已，而是要发展出某种论述，找到一般的思想概念，要找到形象背后的思想大义。

我想，这两点，正是我这本巴黎美学札记的特点，同时也是我学习艺术的一点微不足道的经验。

胡天胡帝的蒙娜丽莎

　　我三进卢浮宫，才去看了蒙娜丽莎。却没有想到蒙娜丽莎的尺寸是那么小，与她所占有的大厅，与她所拥有的观众人群那么不相称。她典藏于一面厚厚的玻璃墙里，尺寸也就不过是一贵族家庭大厅里挂的肖像画那么大，却在她的前面形成了一个直径为六七步开外的一个半圆形人群，周围还有几个保安，黄皮肤、黑皮肤、白皮肤的观众，如迎接女王驾到一般，围观拍照，闪光灯不停，好像她几分钟前刚刚步入这个大厅。呵呵，不过是一幅画呀，如仰望真人一样，这种场面，我还是第一次看到。

　　而蒙娜丽莎所形成的气场，也确实让我暗自吃惊。我本来见人太多，看了她一眼，就想先去看看别的，再转回来看她。谁知这一眼，却也被她瞥见，噢，那一瞥的勾魂摄魄，让人点穴一般不得不移步而前。尽管从小就已经从各种复制品印刷品中看过了，而且从前学画的时候还临摹过，这番一瞥还是如第一次见到一样新鲜生动。

　　《诗经》里形容与美人相见，是"胡天胡帝"。伟大作品的一个条件，就是教人知道什么叫"胡天胡帝"。

　　记得少年时代用铅笔临摹蒙娜丽莎，是美的混沌初凿。蒙娜丽莎最美的当然是她的笑，然而我记忆里，画到她的胸时，也是让人暗自里激动不已的。我至今仍然怀念那个时代，相信只有临过了蒙娜丽莎的胸，才算有资格通过了美的启蒙。在画面中，她的胸比脸部更明亮更宽大。又坦露又隐蔽，就像我们对性的想象；又母性又少妇，就像我们对爱人的憧憬；又明朗又深厚，就像整个青春时节对世界的企慕。那是七十年代末的中国，就像蒙娜丽莎的胸一样，一切都在暗自里激动不已，一切又都在寂寞地守护着新生命的来临。

跟团去意大利旅游时，有一天博学多才的林导与我讨论蒙娜丽莎好在哪里。我就讲她笑得好看呗。林导很不满意，运用他的美术史知识，为我讲解蒙娜丽莎的三大成功技法：明暗过渡、焦点透视、黄金分割。然而我还是坚持蒙娜丽莎的美尤其在于她的微笑。人生每个阶段，看蒙娜丽莎的笑都是不一样的。小时候看她确实是那样不可思议的神秘，遥远的地方充满绮丽风光的异国仙妹，她的微笑背后四面都是海水的岛，岛中又有密林，密林中又有歌声，她的微笑是女妖的歌声中抵死挣扎的船夫，是扣着奥德赛不放的神女卡吕普照索，同时又是手提大盾，幻化为雄鹰飞翔的宙斯的女儿阿西娜。青年时期所看到的蒙娜丽莎的笑，有释迦的慈悲，基督的爱，也有埃及艺术雕刻中那种万古悠悠的静穆安好，然而等我已苍颜花发，千里迢迢来相见，她也不过令我想起家中的一个表妹，儿时的一个同学，她的笑容仍然没有那么多意思，只是多年不见的主人，开门一笑的雍容与相亲。

我还是回到这间明亮温和的大厅。看卢浮宫一定要顺着它的编号，从二层德农馆的1、2、3、4号厅，看过十三世纪意大利阴郁细致的宗教绘画，进入5号厅，看十四、十五世纪意大利文艺复兴时代人文主义的绘画。这个顺序重要。早期的宗教画，几乎全是一种感化，是为了给那些不识字的教徒得到宗教信仰而画的。圣母与耶稣都画得很难看。为了感化，画得难看，这是为什么，我想不通。圣母有时像一个农村的小保姆，带着一个不听话的孩子。有时脸长长地挂着，像未婚先育的城市少女。那小孩子的不亲，以至于圣母有时甚至是一拐卖儿童的人贩。圣女像更是．眼斜头歪，一看就是很造孽的。有一张圣女画，那躬背的身子已经进门，头却回过来，眼睛却又不敢看人，如丧考妣的神情。"最近我阴沉地在死亡的薄暮中行走"，尼采如是说。

然后看过十五世纪的圣母，就会发现，脸也圆了，红润了，胸也饱满了，有时像一个母亲给婴儿喂奶，有时像一个大姐姐在带着弟弟玩，有时像一个知性的女子在讲道，但是她还是不太放松，还是常常会有圣母的架子与光环，更奇怪的是她还是没有笑容，整个

■ 普罗米修斯　　　　　　　■ 狩猎神

■ 诗与音乐之神

十五世纪的圣母像都没有笑容。她还是一个不会笑不会哭没有烦恼没有悲伤的神灵，她的神灵气太重，而人间味还不够，她的衣冠是人的衣冠，而心灵还是神的心灵。要等以达·芬奇这样不世出的天才来到，才带给我们一种更高的文明。

■ 神苏醒过来与人相亲

也不是没有神，而是神苏醒过来与人相亲，人也苏醒过来与神相亲，这真是一种新的文明，看到这个温暖明洁的第六厅，一切都清楚了，这真不又是一个人的醒觉的时代，也是一个神的与人相亲的时代，生命像花一样开放了。这个结论是艺术史所昭示的，也是蒙娜丽莎的微笑所显示的，谁也翻案不了。

元气淋漓的毕加索

今看毕加索美术馆。我在Pont Marie地铁口问一个东方人样子的女孩，她告诉我不需要坐地铁，只有十分钟的路程。大概她也是一名画家。我一路又问了几个人，让人惊奇的是，无人不知毕加索。我很快就找到了位于巴黎三区，5 Rue de Thorigny，门口有一幅硕大红色招贴的美术馆。凭着Cite Internationale des Art办的艺术家证，有卢浮宫、奥赛、蓬皮杜等四十多个馆是可以免费的，其中就有毕加索美术馆（Musee Picasso）。

我们这些八十年代的文艺青年，不但不会忘记毕加索当初带来的视觉解放，那是生命的张扬和想象的狂欢，而且作为艺术的魂灵，更不会忘记毕氏的生命态度，他就像一只船，永远不停地前进，永远求新求变。在八十年代，这是最能激动人心的现代性口号之一。然而我们那时不能懂得毕加索身上另外的品质，那才是那个时代的人不大能学得来的。

首先，毕加索看起来变形厉害，其实是非常和谐的。你仔细体会他的每一个线条、每一个块状，虽然欹欹斜斜，歪歪倒倒，却也相互呼应，彼此对答，有一种力的流动与形的均衡，从而在静止的画面上动起来了。如色与线与块的舞蹈。如果没有这种相互的生命对答关系，可能就动不起来，就是死团团的线与硬梆梆的块。

所以，我们那时天真地以为乱就好，变就好，其实不然。乱与变都是手段，通往生命的和谐，生命本身的气机流荡，才是目的。

生命本身的气机流荡，这一个很重要的美学概念。简单说，那就是，不要现成化地看事物，要看到事物内在的生生之气。庄子说的，听之以气。细读毕氏作品，感觉到这其实一点也不玄虚。譬如，他喜欢画的吉他与人，分不出哪个是弦，那个是琴，甚至分不出哪个是琴，哪个是弹琴的人。他已经捕捉到了吉他音乐的魂灵，然后成功地释放到色块与线条之中了。似乎是古代仙人的吹嘘成物。譬如说，他从树与石的圆锥体中，发现了人体的生生之气，然后将树与石的生生之气，抽取提纯而融化为人体美浑圆饱满的形，使我们在《奔跑的浴女》等作品中，似乎听到她们大脚跑在海滩上的阵阵足音，看到前所未有的自然生命淋漓元气磅礴之美。

其次，从毕氏开始，有一种发现，即纯形式的发现，纯身体的发现，以及游戏的发现。也就是说，从一个没有形式、没有身体、没有游戏的时代，进入一个新的时代（譬如，罗丹男女身体，还指涉着情与欲，安格尔的身体，还指涉着优雅与神圣，毕氏却不指涉什么）。所以，毕氏不仅是一美术上的革命者，而且是一现代性的思想者，即代表着一种哲学，以"发现"本身为目的的世界观。毕氏的这一哲学，可以说不仅根本上改写了美的历史，而且改写了历史的美。因为，从此以往，求新求变，成为唯一的标准；正如本雅明解读《恶之花》的美学："新奇是一种独立于商品使用价值之外的质量。它是那种以不断翻新的时尚为载体的虚假意识的精髓。"（《巴黎，十九世纪的首都》，瓦尔特·本雅明，刘北成译，上海人民出版社2006年版，第22页）再进而发展为，新对新的战争，没有标准，成为标准。"新奇的裁判者是势利小人"（同上引），从此拉开现代艺术天下大乱的时代。然而也因此进入另一个世界，即我们重新进入一个一元化的权力统治的空间，只不过，不再是原先的统治者，而是"求新求变"本身，成为新的统治者，"资产阶级完全陶醉于自己的虚假意识之中"（同上引）。但是我们忘记了毕加索原来之所以是要创造一个新的世界，而不是安于一个旧的世界，是因为他有一个旧的世界，即对于灵气、对形式、对游戏精神的压抑的世界。他是回应了他的旧世界。而我们既没有这个旧世界，也无所谓旧世界，或者凡是他人的世界，都是旧世界，这就成为了光秃秃的"变"，以变为变。其实毕氏是老子说的"生而不有，为而不恃，功成而不居"，法语说的Creer, non posseder, ouree,non retenir; accroitre，尤其是用了这个"retenir"来译"恃"，它的含义不仅有"保留"的意思。而且有"固定"、"约束"、"抓住"的意思，其实，一味地求新求变，也是一种"恃"，也是一种自我约束与刻意抓住。九十年代以来的中国美术界，有一种对于求新求变的形而上学，一种变与新的意识形态。我主张将毕氏所代表的变与新，称之为有"有"之"无"，而将意识形态化的变与新，称之为无"有"之"无"。不能不在这里，有一种区分。

再者，我深深体会到，毕加索绝不是浅碟子的画家，绝不是空洞的画匠，他对事物、对人，有着很强烈的感情。从这里，我又一次深深体会到，没有强烈的感情，就没有强烈的夸张，强度的追求。你看他的那些线、那些色块，其实都是没有铅笔的草稿，都是一气呵成的。可以看出画家他的下笔，绝不犹犹豫豫，瞻前顾后，而是极为肯定的。这虽然是一老生常谈，却是亲临现场的人，都会有的感觉。出来再看那些明信片，那些精美的印刷品，尽管我也忍不住买了几张，但是一个很明显的区别是，都比较新、比较鲜，少了一口真气，比较媚俗了。

我必须说到毕加索美术馆的经营极具匠心。基本是按时期，却又相对集中了一些主题，如"吉他"与"曼陀玲"的展区，树与石与圆锥体的展区，非洲艺术展区等等，让我这个西方现代美术史的外行，也能稍加思索，悟出一些道道。最后是看毕氏的生平，有极珍贵的录像资料与文献。如毕氏穿戴着西班牙斗牛士服装的照片，他很开心地看斗牛士的场面，他收藏的各种斗牛士艺术品等，让我们深深体会到，毕氏其实骨子里是西班牙文化之子，他酷爱斗牛士，酷爱西班牙的民风民俗，血液里流淌着斗牛士热爱生命、高扬自由精神、敢于进取挑战的热血。可以说，没有西班牙的文化底蕴，就没有毕加索。这更是八十年代那时崇拜毕加索的艺术家们未能深度了解的。

■ 尼斯蓝色海岸的天体海滩

莫奈的轻金荡漾

　　巴黎的郊区从来不是游客和参观者向往之地。游客们的主要时间，一定花在巴黎那些具有纪念意义的景点，如果去郊区，也顶多会去凡尔赛宫或枫丹白露。然而，下了三四天的雨之后，巴黎蓝天万里无云。这样的好天气，谁会想去博物馆呆着？巴黎城西边的布洛涅森林公园（Boi de Boulogne）正是我今天的目的地。当我转RER近郊快车时，冷冷清清的站台，衬着涂鸦的墙，而一个车厢里只有三两人，习惯了扶老携幼，熙熙攘攘，这样的郊游，让我不免觉得有些扫兴。可是后来，见到了那有草地处便有巴黎人的盛况，才知道我出来得太晚了。

　　我们在旅游时常常会重复着人生经历中的一些基本场景。譬如，自以为走了很多路，却费了半天功夫，仍然又回到原初的起点。譬如，愚昧地朝着一个方向走，纠缠于细节，却忘记看一些最大的标志物，如埃菲尔铁塔。又譬如，明明走错了路，却因此而得到意想不及的新收获。今天我从Henri Martin站出来时，就走了反方向。

　　可是这个反方向，却是一条非常安静的林荫道，即维克多·雨果林荫道。完全不像是周末，几乎是无人行走。路头有雨果的铜雕，路牌上写着，雨果，作家、诗人、政治家。两边是参天的高大梧桐树，装饰着石像浮雕的古典式建筑，踏着一地的金黄落叶，如在画中。最让人惊叹的是那一眼古井，是古老的Passy村落仅存的几处遗址之一，1855年掘的。现在是一个机械化的水站，定时供应着泉水，见有人拎着矿泉水的瓶子来取水。俯身小饮，口感柔和绵软，确是好水。

周末在雨果林荫道上漫步，又得品尝古井之泉水，有世事沧桑，人情悠长而静好之感。这是我走错了路，却冥冥中修得的错有错福。

布洛涅森林公园大概也就相当于上海的共青森林公园。区别是它不像公园，几乎见不到人为的建筑，而就是一野生的大绿地。除了绿树，就是草地和河湾，连小卖部都没有。河里清波涟涟，舟行水上，三三两两。有一次，划船的是一个裸着上身的老头，乘船的是一白发老太；又有一次，是一个男子，一个白人女子和一个黑人女子，色彩很好看。有一次是一对青年，只见那女的慢慢从船上站起来，慢镜头一般，走到划船的男子那里，捧住他的脸，长久地吻着。绿地上踢球的较多，此外即是随处躺着、卧着、围坐着男男女女，家人小孩。草地上日光浴的人，女的很多只穿胸衣，男的则赤裸上身。似乎他们满心喜悦接受着来自上天的阳光。很多人带着狗出来，狗就像是家庭的一个成员，或与儿童嬉戏，或偎在主人身边打瞌睡，或在主人前面大步开道，狗的种类极多，有一次迎面而来一头像狗熊一样的狗，我吓了一跳，赶快闪避一旁。想起莫泊桑的小说《珂赛特小姐》："有拳头般大的狗，有小马驹般大的狗。"金发、白肤、蓝天、绿地、白云、红花，色彩十分悦目。

从森林公园走出来，即著名的Ranelagh花园和皇家露天舞池，也是同样的草地盛会，更多了儿童游戏。路边有儿童骑真驴，一排六头，慢慢走着，尽是些女孩。我虽然没有找到巴尔扎克故居，却在附近一条安静的小路上，找到了马莫唐—莫奈（Marmottan-

■　布洛涅森林公园

■　布洛涅森林公园里的小女孩

■　布洛涅的人们

■　布洛涅一景

Monet）博物馆；博物馆里有莫奈、雷诺阿、毕沙罗等印象派画家的作品。我进门时一中年妇女要收我四欧半的门票，我问她为什么那个艺术家证件不能免费，她说这只是一家私人的美术馆。室内是一别墅，园林中有一方草坪，一段古墙，陈设作品极为精美。

我们往往容易简单比附，或者大而化之地下判断，说莫奈的画是东方情调，就是这一类误读。在艺术观察上，我们应该抛弃那种谁谁比较东方，谁谁比较中国的判断，这是没有多大意义的。因为理解一个艺术家最重要的是看他有没有发明一种看世界的眼光，而不是他是东方或是西方。

其实是莫奈发明了或强调了光，也是一个大而化之的错误。从中世纪的绘画中，西方就一直有光，也一直强调光。记得今年还参加曹意强的一个学生的论文答辩，那学生写的题目就是西方艺术中的光。你想想那些圣母题材的绘画，哪一幅没有光呵。然而，重要的是那里的光总是单一的，即在画面上突出的，其余为阴影面，光与影，分明是一种二元对立的关系，表明了光是上帝与神圣的化身，其余是世俗世界的存在。这是神圣化的光的时代，与莫奈的光完全是不同的。

莫奈及同时代的艺术家一个了不起的成就，是对"郊区"的重新发现。"郊区"不同于荒野的大自然与偏远纯朴的农村。"郊区"是城市人以最小的代价去亲近的自然风景。是进可攻、退可守的现代城市人理想的家园。是生命节律可以不断得到调节的自由生活开关。总之，是城市资产阶级现代生活的理想投射。也是他们对自身的现代化最初苦创的自我修复。他们一方面反感奥斯曼似的笔直与单调的街景，以及现代巴黎无尽的交通繁嚣，如雷诺阿就乐于在作品中用树叶来遮盖奥斯曼建筑的特征，曾十分气愤地称巴黎那些建筑就像被排成一排排受检阅的士兵那样冷酷，德加也对那些肮脏的不是马拉的车辆大加责难。皮萨罗对埃菲尔铁塔嗤之以鼻。我们看《草地上的晚餐》，修拉的作品，以及莫奈《撑阳伞的女人》、《阿让特伊附近的树》等作品，都是资产阶级现代风情画，是经过了城市化之后，人与自然重新取得一种和好关系的一种心情表现。因而，我们应该将印象派的革命看成是资产阶级对现代性的自我正当化的一种表现。现代性的修复力量，不是来自别人别处，正是来自于他们自己。

再进一步说莫奈的用光。他不仅以光为造型的手段，已经远远将他的同时代人抛在后头，当那些画家们还是一步一步按着造型的基本要求完成作品时，莫奈已经直凑单微，以"光"本身来完成作品。这是一方面，更重要的是，我感觉到莫奈的光，简直就是他的灵魂，无处不在地附着于一草一木，轻金荡漾，摇曳、嬉戏，使大地充满灵性。无论是港口的夕阳，还是睡莲，无论是穿白衣的女孩，还是塞纳河的云，都是光与色的诗。

他所发明的一种看世界的眼光，就是苏醒复活了万物自身的诗性，即万物有神，而不再是一束神圣的光，来自天堂，降临大地，每一物皆有光，即每一物皆有神灵，每一物皆有诗性，万物已经无所谓阴面阳面，无所谓块与线，只是光波的流动而已。换句话说，他把阳光空气化了，无往不在了。当光从单一的、总体的地位，变而为内在的、无处不在的个体时，光也就现象化了，真实化了。莫奈在这里，不正是昭示了一种世界观？

可惜只看了一个小时，就到闭馆时间了。我出来时，恰太阳偏西，逆光中，那些金发女子的侧影、背影，非常好看。我恍然想到，这Ranelagh花园、布洛涅公园，不正是一幅幅莫奈的画么？而莫奈的画，不也正是深深扎根于这个真实的欧洲土地么？尤其是其中那亲近自然，热爱生命，爱美求真、向往自由、追求解放的精神。甚至在今天，我们从刚才的作品中，还可以一一指点，噢，这是今天看到的那一家子，那是河边的那两口子；这是那只小花狗，那是那个小女孩——只不过，十九世纪末二十世纪初的人，穿着还比较保守，还是贵族式长裙，但是他们的神情动态，他们在阳光中的仰首与流连，在春风与草地上的宛转与嬉戏，已经分不清哪是十九世纪莫奈画中人，哪是这个周末布洛涅公园的法国人了。这哪里是什么东方情调呢。我们知道真正了不起的艺术家都是深深地与他的土地融合在一起，从他周边的环境中得到深厚的表现力量的。

正如莫奈的画中，最深的灵魂，是他每一幅画中洋溢着那个时代特有的一种精神，一种无隔的直面自然，进入自然，代自然立法的精神，正是那个时代资产阶级精英的上进精神。代表着西方文明的向上性与进步性。而今天，这一大文明，尽管遭遇危机，却依然有自我修复的力量内蕴，生机尚在，不可小视。

也许我今天没有找到巴尔扎克的故居，而来到莫奈，是一冥冥之手打开的一页？也许我从布洛涅公园这一路走来，最后以莫奈的画为一个小句点，只是欧洲文明的一个侧面吧？有一点是重要的，我们阅读欧洲的文化，切不可以只依靠博物馆，而要看每一幅画的背后，活生生的人生。

■ 小熊似的小狗

■ 万森公园一堡

■ 印象派画家作品

只是用星星，代替了江月

　　奥塞博物馆（Musee Olsay）是我在巴黎所到过的人最多的博物馆了。不知为何比卢浮宫还多。奥塞、蓬皮杜、卢浮宫，从近代到现代到古代，欧洲数千年的绘画与雕塑，大致可以鼎足而三。

　　我第一眼看到梵·高的一幅满天星斗，就被深深打动了，这种经历，绝不常有。奇怪，为何我原先没有注意到梵·高有这样一幅作品。画面上，最吸引人的是高朗而深邃的夜空，因繁星满天，以及满天繁星在江水里的倒影，而几乎有一种圣乐回旋天空之美。画家用了那样动情的感觉去画星星的。这是一湾江港，远处是万家灯火，在近处的江边，一老头一老太，相挽而向着观众。我仔细一看，差点"呵"出声来，这老头老太的神情姿态，何等的亲切！尤其是老头戴着一帽子，老太戴着围巾，那围巾的暗红色！注意，为什么画家不画他们向着河水，而画他们向着观众？画家分明是给后世的人们，发出一个信息：宇宙悠远，而人世美好，人们呵，相爱吧。中国初唐的张若虚说：

　　不知乘月几人归，落月摇情满江树。

　　只是用星星，代替了江月。其实东西方的伟大心灵，真的是一样的好呀。

在奥赛我得到的最大教训，就是绝不能只看印刷品的绘画，它们就像一假冒的名师，把我们的感觉都教坏了。譬如，上面那幅梵·高作品，那个老太的围巾，印出来后，竟然是绿色的，天空也绝无原作那种钻石般的感觉。高更的塔希提岛，那种红色，是一种篝火般的、富含光感的红，是温馨与激情的一种很妙的混合，但是印刷品则是很平面暗淡空扁的红。还有那条著名的红狗，印出来也只成了熟肉色，一点灵气都无。而浴女水边那丰富的暖色，印出来似猪大肠。高更的黄色也非常美，往往是人站在树荫里，背景是一种透熟芒果一般的黄，深厚扎实，而印刷品则只是一种泛白的死黄。

高更对我确是一个曾经的偶像。大学时代看毛姆的《月亮与六便士》，大家都说那就是写他的。我又去找了高更的其他传记来看，记得我为这本书给多少同学推荐，渲染"一个日子过得好好的巴黎人，突然抛妻别子，跑到塔希提岛上去画画"这样一个毛姆式的传奇故事。后来还追着看了毛姆的另一本《刀锋》，扉页上的那句话，"现代人要理解古代，犹如翻过刀锋一样的困难"，我带着它从云贵高原，直到江南与东海之滨；带着它写完硕士论文，又写完博士论文。去年看美国电影《面纱》，还依稀有点大学时代毛姆的味道。

其实不仅是我们这一代，据陈寅恪的助手回忆，五十年代在广州岭南大学，陈每天请助手读的英文小说，就是毛姆的《月亮与六便士》。

今天我终于面对高更的原作，那是留有他的生命气息的物品，我感觉到百年前的一个伟大生命的呼吸，正是一点点从里面传递出来。我能不激动乎？

分明有一点感觉是越来越清楚了：高更确实是忠实地响应他

的生命内在的一种呼唤，而放弃巴黎的现代社会生活，跑到原始的塔希提岛上去的。高更不是神经病，他只是那太敏感的心灵，受不了现代社会与世俗人生的平面、灰色、庸碌，甚至死气与做作，而翻转生命，去大胆追求现实人生的反面。所以，一个真正伟大的艺术家，其实不是没有内在东西的形式游戏大师，而他的生命底蕴，就是对他那个时代的不自由的回应。我们如果以此来观察一个艺术家是不是真的有力量，有东西，就看看他是不是对他的时代有所回应，这应该可以算一个重要的标准吧。

奥塞这个月举办的毕加索等印象派大展，用来满街作广告的那幅毕氏作品，*Pierreuse la Main Sur l'Epaule*（《一手搭肩的妓女》）。我也看到了，那是一个戴着红帽子、一只手放在肩上，斜身前探，看着我们大家的妓女。她的眼神内涵丰富，不易解读。这是在绘画史上从未出现过的女性眼神。完全是蒙娜丽莎所代表的眼神的反面。白多黑少，直勾勾地，盯着所有的人，又越过所有的人。那样的野气，又那样的平浅空洞。欲望而不轻佻，亮而无神。莫非，用她的虚无与野性，来回应大家对艺术的看，是一种对既成的看与对看的挑战？对大家看待艺术品的眼睛的挑战？甚而是对所有现成的文明秩序与价值规范的挑战？这个月，满大街、满地铁里，都是她那无处不在的眼神。似乎可以解读的一句话是：你能接受这个"现代"的挑战么？

那地中海深处缥缈绰约的精灵

　　Y老师是去卢瓦河看城堡时认识的，国内某美术学院的雕塑家，已经做了不少大作品问世，也获得过各种奖。让我看看，"从理论上提升一下"。我的评论人家大概不爱听，偏于批评的意见。但是我还是说了。最主要的是：个性不够，像集体创作的东西。过于直白，不够含蓄。过于理性，深度不够。我给她讲了我对于马约尔的感受：

　　你有没有看放在杜伊勒公园（Tuileries Garden）里的《地中海》？一定要看看，而且要现场，雕塑一定要现场才有气场。远远看见，衬托着天边，那个浑圆的女人体，仿佛是海神苏醒过来，正在缓缓地从海底里往上升起，庄严肃穆，周围上下整个空气里一下子就充满了意味，灵动、神秘，很想走过去一看。我从各方向都拍了这件作品。每一个角度都有些让人激动的东西。

　　但是你又不是一下子就讲得清楚这件作品，地中海这名字取得多么好。让人有宽阔的空间可以联想。阳光、蓝天与蓝色的海洋，波涛翻滚、博大而动荡的大海，夜色深深，无边的海风，等等。你看她伸出来那只手臂，那样轻盈优雅，你看她侧身而微微抬起的腿，那样松弛宛妙，好像有一阵温暖的海风，将她轻轻托起来，送向后，而她又招呼着海风中的精灵，来吧，来吧，我们一起嬉戏……

　　看了这样的作品才懂得为什么我们的所有雕塑作品都不够含蓄。她的浑圆沉重的手、背、腰和腿是那样饱满、生机勃勃、厚实与温和，是宇宙生命力的象征；然而其姿态都好像是在失重的状态下轻轻飘起，好像宇宙的生机完全不因人的逻辑而存在，因神的意志而存在。这种圆与空、重与轻的空间张力是最有意味的。因而，一方面是在沉静、温柔之中，一方面又有神奇的生命在其中孕育，有永恒的韵律在其中活动着。似乎只有最深最古老的海，才当得起这样的象征，所以这个雕塑的名字一点都不突兀，那美丽富饶而汹涌澎湃的地中海，正是神灵的存在使她永远和平安宁而又饱含生机。

　　他的另一件著名的作品《河》，是一个跌倒的女子，好像被一股看不见的洪流卷走，手足无措，惊恐不已。我们从侧身而卧的女人体那里，不仅感受了具体的小河淌水与山间溪流，而且是抽象的山川河流永恒的滔滔不绝与无边的蜿蜒曲折。一个伟大的艺术家就是一个上帝，能够吹嘘成物，创造出新的语言，或者从旧的语言中

■ 杜伊勒公园的马约尔作品

创造出辞典上所没有的含义。你有没有注意到，某种意义上，马约尔创造性地开发了女人极为丰富的符号意义，人们可以看到了女人体竟有如此无限丰富的想象，山川河流、夜晚白昼、海洋原野，竟都是借助女人体实现的。对于马约尔来说，正如看山不是山，女人体非女人体，女人体是取之不尽的象征与隐喻的宝藏。我不仅是在巴黎的杜伊勒公园里流连欣赏马约尔的作品，而且在德国的汉堡、法兰克福，都看见过马约尔的作品，一见就舍不得离开。

我们要向马约尔学的东西太多了。首先，

要学他不要"看图识字"式的思维方式，不要直接把雕塑的东西看作就是雕塑本身。其次，我们的作品往往不注意开发人的潜意识与梦思的体验。总是过于理性，好像要把所有的意思都告诉观众。第三，我们的雕塑作品也不重视空间的美学意味。举一个极端的例子，这是我经常讲的一个例子。

在我们的大学校园里，十多年前有一件日本艺术家赠送的雕塑作品，是一只白色的"长椅"。坐落于图书馆前面草坪的角落，背靠着丽娃河畔。

为什么要打上引号？因为这是一件雕塑作品，而不是一把我们在公园里普通可见的休息的长椅。长椅的靠背一般是规则的长方形，但是日本艺术家很有意味地将靠背做成了不规则的长方形，一边的扶手也是斜了下去的。

因为有了这件作品，图书馆周围的空间，有一种深思、宁静、冥想的气息。

然而，我亲眼见到的一个过程是，这件雕塑作品，如何一步步被大学里的管理者将其还俗，还原为一把普通的休息长椅。先是嫌它离道路太远，将其从幽静的树丛与河边移出，重新安置在人来人往的道路边。然后，将长椅前的一块绿意葱茏的草地变成了干燥的水泥地，方便人们坐。最后，干脆将长椅彻底变成了可以双人坐的秋千椅，彻底将这件作品废掉了。

因为有这个秋千，大学图书馆知识圣殿的意味，完全改变了，抱着孩子的保姆、年轻的情侣、老人与小孩子，都在那里嬉戏。

原先日本艺术家所想象的那个世界，在草地一隅的"长椅"呼应着图书馆的楼群建筑，是一个有意味的空间，一个沉思冥想的空间，表达着个人、安静、等待以及内敛等含义，与绿树青草红楼，构成图

■ 香堡窗景

书馆特有的心旷神怡的气场，现在是完全不伦不类的一个地方。

　　我每当经过那里，都会想起这个故事。正是我求学的过程学校变化的一个缩影，也是八十年代到二十一世纪中国文化逐渐功利化的一个缩影。

　　我每当讲起这个故事时，就深深感受到，当代中国人的美的体验，与欧洲相比，真的还有很大的距离。连上海一间有名的大学尚且如此，其他就更不用说的了。

塞尚的 "缘在"

今天好不容易才找到橘园，非常不起眼，就在协和广场边上的公园里。

橘园是一个小型的美术馆，而且专门收藏印象派及后期印象派的作品。这里对于欧洲和法国人都是经典的所在。他们最喜欢的莫奈长卷睡莲，舒展地漾开在一个一百多平方米的长圆形大厅的周壁。中间静静地坐着一些西方人，老人与妇女、小孩们，正将自己渐渐浸入整幅的水与莲的绿意之中。我看着这些西方人，深为他们那种读画如置身教堂般的虔诚态度所感动。不知他们是否也知道，莫奈画这几幅绝世珍品，画了十二年，完全将自己的生命放进去了。

但是我认为橘园还有更好的东西。我对自己的艺术鉴赏敏感是十分肯定的。因为我一边走，如山花映发，每有欣喜的感应。

譬如雷诺阿也是我曾经迷过的画家。他的笔调与色彩里，总有一种高贵的柔情，如梦如幻，如雾如纱，如歌如吟，一看就是雷诺阿。艺术家真是既会做梦，又会表达梦的人。这里，雷诺阿又把他关于女性、家庭与小孩子的梦，温柔而高贵地传递给我了。

然而不得不承认过去看印品的雷诺阿，其实差了好多。印在纸上的东西，少了一种光，那洋溢在画中的温暖的光感，"木"了。正像有一天MSN视频的信号不好，豆豆惊呼："爸爸，你怎么现在变成木偶人了？"

塞尚的东西，印刷品也少了那种现场感，太清楚、太干净了，抽掉了时间和空间，不落凡心，少了那种老房间里旧旧的、黑黑的、毛毛的气息。那印品的苹果，像是加了闪光灯拍出来的照片，生气全无。

塞尚画的水果，为什么不够鲜亮？旧旧的，暗暗的，但是却又十分耐看。退远了，你走得进那个放水果的桌子。你就看那一桃一梨，相比较而得区分。桃有点脏，细毛可见；梨是熟透了，黄皮透红，结实饱满。

■ 塞尚静物

我忽然更加读懂了塞尚。水果就是不能亮，一亮就俗，就不塞尚了。原因是那放水果的周遭，光线就是这样呵。不亮，所以不可能鲜。苹果与它的周遭，就是一种"缘在"。这样才真，才实，才没有把水果从环境、从生活中孤立出来，才还原了真实人生的日常性。所以塞尚的苹果，旧旧的，却苹果与苹果，与桌子与墙，有那样亲切柔和的关系，所以端然静美。因而塞尚的苹果，也成为唯一，成为"在"，回到现象，回到此刻，回到"缘在"本身，这才是绘画史上革命的重大消息。自此以后，每个真正有想法的画家，都努力去发现他们自己的"缘在"，并将其表达出来。他们的心里都感谢着塞尚。

出来的时候，已是黄昏时分。协和广场上的天空中，正有一大团黑云将夕阳压住，阳光毕竟强势，终从云缝里射出来了，方尖碑那尖尖的顶部，如沐神恩，突然金子般闪闪发光。我赶快拍下这动人的一瞬。

蒙马特的葡萄园

　　我去过蒙马特（Montmartre）两次，还想去一次。但并不是因为那里的情色博物馆和那里的红磨坊。美国的琦幸兄在我的博客里特为推荐过。但这些只是吸引游客的风景。蒙马特有一个很有名的圣心教堂（Sacre Coeur），红（磨坊）白（教堂）相互映托，本身就是那样奇特，但也还不是因为这个特点。那么，蒙马特是什么吸引人呢？

　　圆圆给我买的DISCOVERY频道编辑的《巴黎》（旅行者环球精选指南），确实是一本精当翔实的好书，上面对蒙马特的介绍，不仅介绍了圣心教堂、红磨坊、灵兔酒馆、洗衣船（毕加索的画室）和达利空间等重要的景点，而且提到了十分重要的传奇与史迹：譬如巴黎第一个主教，圣丹尼大主教在此殉教，然后提着头走到很远的小村庄，才倒下死去；譬如劳特累克等艺术家把这里当作自己的家，毕加索的以《阿维尼少女》代表的立本主义，郁特里罗和莫迪里阿尼的巴黎学派等，尤其是点睛标明了蒙马特的精神：浪漫主义。但是我还是觉得不够。我去了那个地方，仅仅是"浪漫主义"，还是难以表达其中的意味。

　　我也去了那个私人的博物馆，老蒙马特博物馆，五欧元，艺术家证不能免费。但是十分失望，东西很少，除了看到劳特累克为红磨坊画的招贴画，除了酒吧的迷幻与康康舞在那个时代的狂热与活力，并没有更多的印象留下来。只知道1885年到1910年之间，那里因为艺术家驻扎的缘故，由一个满是葡萄园的小村庄，变成了一个灯红酒绿的娱乐区。

法国电影《天使爱美丽》表现出蒙马特的清新宛转，台湾轰动一代的才女邱妙津留下的哀伤的《蒙马特遗书》，以及法国诗人留下的一百多种文字的"爱墙"，我或看过，或知道，但无非还是"浪漫"二字，也不足以增加或改写蒙马特的内涵。

"浪漫主义"是什么呢？在一般的定义里，就是自由不羁、人的个性与情感的解放，就是想象力与梦幻的生活世界，但是这些是艺术家的通性，蒙马特的特有精神气质究竟是什么？我能感受一二，却说不出来呢？

要说是浪漫，可也是各有各的浪漫，毕加索的阿维农少女，不同于雷诺阿的弹钢琴的姐妹，劳特累克的大嘴巴的康康舞女，也不同于梵·高的自画像或教堂，究竟什么是浪漫的真实意义呢？

有一天我看地图，忽然发现塞纳河有点奇怪，它从东向北而来，本来是要往蒙马特那个方向去的，但是到了一半，却折身向南，然后转了一个弯，再执着地朝向北面流去。

仔细看地图，不难发现，塞纳河之所以折向南面，根本的原因就是蒙马特高地的地势。那里原来就是一座山，站在圣心教堂前，可以俯瞰整个巴黎的。这座山决定性地改变了塞纳河的流向。

我忽然明白了，蒙马特的意义，不正是在这里么？正如它改变了一条不可抵挡的河流的流向一样，它也多多少少改变了一点巴黎甚至法国人的精神生活走向，这才是蒙马特的真正意涵所在。

蒙马特的真正历史，是从劳特累克开始的，这个被公认为最重要的"蒙马特传奇画家"，1885年在这里住了下来。那个时代的法国，犹如一个朴素的葡萄园，正转型为歌舞场，新兴的资产阶级白天聚集财富，晚上纵情声色，人们既减轻了宗教的情感，也冷却了革命的激情。那是从浪漫的时代，转而为追求功利的时代，那时候埃菲尔铁塔正在建造中，准备迎接世博会召开时来自世界各地的观众。这个以无量钢铁为肉，以理性计算为骨，大胆向上再向上，试图超越所有的教堂高度、所有的自然高度的怪物，正在以其粗狂无羁的精力，表达着资本主义特有的傲慢、扩张与进取精神。这时，却有蒙马特的艺术村，以唐吉诃德式的天真、善良、憨直和童心，悄悄地抵抗着现代性的贪欲、暴力与浮士德精神，所以有梵·高将牧师的精神追求转成视觉世界的神圣求索，有劳特累克将康康舞女的歌哭与欢笑，向旧贵族和保守平庸的资产阶级大胆的踢腿，来弥补他从小残废的身体之梦。有毕加索的又黑又瘦但眼睛非常动人的阿维农少女，颠覆中规中矩的古典主义美女与文艺复兴传统。他们的自画像、舞女像，都画得很丑很怪，这都是那个庞大而傲慢的埃菲尔式法国精神一幅相反的镜照。但是他们成功了，他们的精神种子已经种下，成为一种传统传下来，不止是艺术，不止是绘画与文学，更是文化生命的气脉。他们所继承的，其实正是那个被砍了头，却又要执着地提着自己的头走了很多路才死去的圣丹尼大主教的传统，是用整整一生的生命来消解那种狂热地坚持一种主义或教义，开放其他的想象力空间与自由生命求索的传统。虽然，塞纳河终究还是往既定的北面流去了，但是毕竟因为蒙马特的存在，而俯身向下，低下了它狂傲的头，这，毕竟显示了一种尊严。

今天我去蒙马特，依然看见还保存着一块葡萄园的小丘，透露着原有的地方历史气息。然而"葡萄园"正是一个象征。《圣经》上恰有一个现成的葡萄园故事：

■ 圣心教堂

　　耶斯列人拿伯在耶斯列有个葡萄园，靠近撒马利亚王亚哈的宫。亚哈对拿伯说，你将你的葡萄园给我作菜园，因为靠近我的宫。我会把更好的葡萄园换给你，或是你要银子，我就按着价值给你。

（image 略）

拿伯对亚哈说，我敬畏耶和华，万不敢将我先人留下的产业给你。

有两个匪徒来，坐在拿伯的对面，当着众民作见证告他说，拿伯谤渎神和王了。众人就把他拉到城外，用石头打死。

亚哈听见拿伯死了，就起来，下去要得拿伯的葡萄园。

耶和华如此说，你杀了人，又得他的产业么。狗在何处舔拿伯的血，也必在何处舔你的血。（《旧约·列王记上》）

葡萄园是先人留下的产业，是不可以被霸占、被侵入的，狗在何处舔拿伯的血，也必在何处舔你的血。

■ 十九世纪的蒙马特

库尔贝的启示

今天看到大皇宫门口挂出一张巨大的广告，一幅相当写实的油画，画一个法国青年人，两手攥紧他的头发，睁大着眼睛看着我们。从香榭丽舍大街看过去，他好像对熙熙攘攘的人群十分惊讶。进去一看，原来是库尔贝（Gustave Courbet 1819—1877）回顾展。广告即是他的自画像。这是自法国1974年举办库尔贝作品展以来，三十年之后的第一次回顾展。

共有一百二十多件绘画作品，六十多幅照片。八欧门票，艺术家证只能打点折扣。我还买了一张《波浪中的女子》（*La Femme a la Vague*）镟片画。但是印出来的颜色完全不准，远不如真迹的新鲜丰美，那犹如一颗熟透的果子。有时候，印刷品比原作光泽暗淡，但大多数印刷品都比原作印得亮。无论亮还是暗，印刷品都比原作少一口生鲜之气，原作是可以感觉到画家生命气息的神奇载体。

展品经过精心安排，既按主题题材，又有年谱顺序。前者使观者了解库氏在风景、狩猎、肖像、女性、人物群像等几大领域全面具备惊人的写实能力与充沛的创作能量，后者使观者知道画家画风变化的真实过程，如同进入他的时代。我印象最深的作品，不能不承认还是《世界的起源》。这个作品尽管从前知道，面对原作依然震惊。画家所看女性下体的视角，确实是色情性的。但又与春宫画不一样，因为他的看，跟春宫画的看不一样。春宫画是单纯的色诱，而库氏这里展示的看的方式，几乎是仰视的，表达一种女性主宰世界、女性崇拜的观念。这就是新的想象。这样一种观念，同时表达他对颠覆一个原有旧世界旧秩序的想象力，也是力量。可想而知那个时代对这个作品的争议之大。

库尔贝后来参加了1871年巴黎公社的巷战，成为"站在人民一边的艺术家"。他还被选为巴黎第六区的人民委员。后来巴黎公社失败后，由于他参加暴力活动，被判有罪，处以巨额罚款。库氏对后来艺术史的影响现在看是很大的。没有他在十九世纪五六十年代的探索，就没有后来的马奈、毕加索、梵·高等人对性、人体、政治等问题的革命。看这个展览可以引发的思考很多，譬如，艺术品与委托人的关系，《世界的起源》据说是一个土耳其商人委托的作品，委托人与画廊对于艺术家的引导，其实有时候是决定性的。艺术家绝对不是生活在一个只由自己的个性表现主宰一切的世界里。又如现代艺术与革命的关系，革命的浪漫主义，包含着破坏、批判、颠覆、解构的力量，包含着以下层阶级的形象来取代上层贵族王公的形象的视觉革命，你看卢浮宫多半是贵族皇家的趣味，少有民众的趣味，再看劳特累克他们的革命，就完全不同了。这也是一个很值得研究的题目。再如色情与艺术的关系，究竟《世界的起源》那样的作品，色情多大程度上成为艺术，视觉方式的控制与反控制的关系，等等。

其他名篇，如《画家的画室》，也很精彩。那幅巨画以一个正在画风景的画家为中心，两边是画室里各种人物，有牧师、教士、读书人、贵族、贵妇、王公大人，也有流浪汉、醉鬼、农民、商人、小贩、士兵等，画面中的画家专注于优美的风景，右侧是一个裸体女模，左侧有一个小孩在看画。此画分明有两个世界：一个是贵族阶级的雍容优雅，一个是平民阶级的贫穷潦倒，现实生活中的阶级对立（贵族与平民分立画的两边）；一个是画家世界的超越与典雅，一个是现实人生的矛盾与混乱；一个是认识到这一切的现实主义的画家，一个是没有认识，没有自觉的理想主义的古典主义的画家。总之，两个世界反映了库氏的绘画语言的深刻性。

　　库氏的现代性还表现在《塞纳河畔的女子》、《河岸的呼唤》等作品中。我在门口的书店里看到一本英文的新著，三十三欧元，六百多页，提到《世界的起源》后来有多人的仿作，影响甚大，库氏是现代派的起源等，对其内心世界作了十分深曲的探索。

埃菲尔铁塔四义

今天去看埃菲尔铁塔，塔底人潮如海，四座巨腿下，有四条人群排成的巨龙，仅此一项，即为天下一大奇观。排队约一小时后，付11.5欧元，终乘电梯登顶。天高高，云远远，极目千里，是极为壮观的经验。徘徊流连，回旋而下。细细想来，埃菲尔铁塔的文化意象，确实值得分析。尽管罗兰·巴尔特已经做过这个工作了，仍不妨再从中国文化感受的角度，再作分析。概括而言，可以用"高远"、"空灵"、"变化"、"丰富"四语尽之。

一、什么是高远？

空前绝后的人工建筑，大大提升了人的视觉景观与存在体验。高、大、远（能见度）与厚（人文景观密集）的综合视觉经验，以及由此带来的心理感受，远远超乎寻常。真是集空间与时间之极致为一身的现代体验极品。

现在看建筑家真是聪明。建筑是空间的艺术，借势的艺术，要最大可能地利用、整合周围的空间资源。铁塔周围最大价值的空间资源，即塞纳—马恩省河两岸的人文胜景。铁塔的高远，即将所有这些统统"俘虏"到自己的麾下，成为自己的一个部分，用人文主义地理学的话来说，将空间化而为景观。不是个别、平面的景观，而是整体、巨大的景观。创造一个景观，就是营造一个诗意的新世界。

二、什么是空灵？

以高度的凌空感，来取得对历史的超越感，巴黎的历史人文，君主霸王，希腊而罗马而路易而革命而拿破仑，是是非非，古今多少事，都围绕在你的周围，可一一指点。确实是浮士德式的英雄主义现代性集中表现。铁塔用一种全新的空间体验来连接厚重的历史经验，创造了一种特殊的审美经验，即"新时代"君临。中国文化中有这样的高度的凌空感，但不能有"新"的奇异体验，不能有"划时代"的震撼感，也不能做到一路盘旋而通透、空阔，如埃菲尔这般的轻灵。

三、重量与轻巧、凌空与结实、缜密与通透，结合得好。

远超所有古代建筑物。我们登上塔，可是我们又还不离大自然的怀抱，无论我们攀登多么高；它把伟大展现给我们，而它本身却尽量淡化，越走近它，它越是近于无形。

这就是变化。就埃菲尔铁塔本身而论，可以远观，也可以近玩；可以登临，也可以俯看。远观的埃菲尔，远在索邦大学的广场上喝咖啡时、在密西尔大街上远眺时、在卢浮宫看夕阳之际，都可以看到它的身姿。俯看的埃菲尔，你可以在夏依约宫的台阶上，临风挥手，留一帧以铁塔为背景的玉照。可大可小，这要有空间给它展现，有地盘给它回旋，才有可能。这是道家的帝王之象。世界上有此气象的建筑不多，北京的天安门，埃及的金字塔，巴黎的埃菲尔，可谓鼎足而三。

四、什么是丰富？

万国博览会。从服装、肤色、语言、身体造型等，都形形色色，确是万国博览会。而民族性格，也可以近观。譬如法国青年恋人，常见他们排队时不停地有声拥吻，完全旁若无人。

然而可以更深入比较的正是第一点与第二点。先说第一点。中国文化中，高、大、远的视觉景观，乃来自于自然本身的魅力，所以其魅力，也多少加强着自然本身的伟力。而埃菲尔则纯来自人自身的创造性力量，这很不一样。我们看昆明西山的龙门，看四川的峨嵋山、青城山，安徽的黄山，其高与大与远，都是山川自然本身的高与大与远。我们感叹的是宇宙的浩瀚，而不是人的力量的无限。第二点，埃菲尔铁塔确实具有了抚今追昔、产生历史超越感

的条件，但是令人遗憾的是，它并不像中国的一些名山那样，容易
使人有历史悠悠、沧海桑田之感。人们在上面走来走去，热闹纷
纷，留影纪念，熙熙攘攘，总有点赶集的味道。为什么呢，原因在
于它的气场，太过于游玩了，整个造型还是一大玩具、一大机器、
一大机心，观众上到上面，也自然是惊艳、叹奇与历险，观光游乐
之趣，大于俯仰古今之心，少了许多自然而然、与古人山河相亲的
心情。尤其是中国的名山山顶，其实还有很多人文胜迹，如书法楹
联、碑刻诗词，可资玩赏凭吊，低徊流连，与古人心情相连接相往
还，这更是空荡荡、冷冰冰的一大钢铁架子埃菲尔所不能想象的。

■　埃菲尔的原来设计

索邦大学书店的老子格言

　　今天去拉丁区。先贤祠（Pantheon）是一定要去看的，那里埋着法国文化甚至是欧洲文明的良心。圣西门说过："我们想象：法国突然损失了自己的五十名优秀物理学家、五十名优秀化学家、五十名优秀生理学家、五十名优秀数学家、五十名优秀诗人、五十名优秀画家、五十名优秀雕刻家、五十名优秀作家……法国马上就要成为一具没有灵魂的僵尸。"这句被誉为"圣西门名言"，应该写在先贤祠的大门上。

　　一般的观光客也就算了，学人文的人，如何能不去那里拜望一下伏尔泰和卢梭？不过，今天时间不多，我想先去看看索邦大学旁的书店。从这里走路过去，只不到二十分钟。秋天里的太阳温和，我老远就看见了沐浴在阳光里的先贤祠，呵呵，巍峨的大立柱，堂正的大圆顶，比宫殿显得理性、又比法院与政府显得古典，确有一种集道义、庄严与万法于一身的美。先贤祠的周围格局也有意思，它坐落在一个叫作吕蒂修斯的小山上，正前方的山下，是郁郁葱葱的卢森堡公园，右前方是巴黎大学，右后方是圣艾蒂安杜蒙教堂，似表明了朝向大自然，以及知识、宗教与文明核心价值的相互成全关系。这些是我坐在台阶上晒太阳时乱想的。伏尔泰与卢梭与中国现代文化的关系，真有点剪不断、理还乱。连朱镕基有一回都说，他们那一代人是看卢梭的书长大的。

■ 老子格言的贺卡

　　索邦大学的宾馆，就在旁边一小街上，没有国内一般大学的排场。虽小却十分雅洁精致。我想当初饶选堂先生正是住在这里，接受索邦大学颁发的儒莲奖吧。索邦广场，有一咖啡店，人气极旺。有一东方模样的女孩在独坐看书。有一老头吹萨克管，不一会儿竟然吹起了我青少年工厂时代极熟悉的西班牙名曲《西波涅》、《多幸福》。只见老头演奏了几曲就主动进到咖啡馆里去收钱，一般人都会给。巴黎的个体音乐家们，在咖啡馆，在广场，在地铁，都活得有滋有味。一般我在地铁里都会准备一点零钱，给那些为下班回家的人演奏的地铁乐手凑一份子。试想想累了一天，能得到很美妙的音乐抚慰心灵，是多么开心的事情。其实地铁里的音乐家是离真实生活最近的音乐家。有一回我听到苍凉缠绵的萨克斯管吹一曲南美名曲，那心里一下子勾起无穷的乡思，呵，列车走远了，那执着深情的乐声还一路相送，在我的耳边回旋了好几站。

逛了书店 在一家很有学术性的书店里，有福柯、本雅明等人较早版本的作品。东方文化只有专门的一架，占几百分之一，可以说是非常西方中心主义的书店。至于中国文化的书，在架上只有专门的一小格，约二十余本，远不如日本多。而且主要是弗朗索瓦·于连的作品。旁边的文具店里，有卖中国格言的卡，素淡的色调，古意盎然，都是"老子格言"，而且图案都是古装的仕女或高人。一欧元一张，我一冲动，就买了几张，回来一译，天晓得法国社会对中国文化的认知程度是怎样的。譬如，其中几句"老子格言"是：

Un voyage de mille lieues commence toujours par un premier pas。千里之行，始于足下。

Si tu donnes un poisson a un homme il mangera un jour,Si tu lui apprends a pecher, il mangera toujour。授人以鱼，不如授人以渔。

Mieux vaut allumer une bougie，Que maucire les tenebres。与其一味诅咒黑暗，不如点亮一支烛火。

不过，在如此西方中心主义的文化环境里，这些格言卡也竟能放在当街显著的架上卖着，令人闻到一点点伏尔泰的气息了。尤其令我感动的是，其中把老子一句我最喜欢的话，用一种很有力的句式译出来了：

生而不有，为而不恃，功成而不居。

Creer, non posseder ,ouree,non retenir; accroitre。

毕竟，这里多少沾了一些先贤祠的古气和索邦大学的书卷气。

蓬皮杜的天真

Pompitou就在我住的这个地方的后面，走路五分钟。为什么我到巴黎这么多天了却一直没有去，我问自己，大概是心情已是中老年，不大能激发新奇的冲动了。也许是蓬皮杜毕竟是一个过去的时尚，我已经看不起"时尚"这个词。但是蓬皮杜还是值得一看，它还是生气勃勃，没有一点老人衰惫之态。你看它那些丰富而复杂、肌理细密的管道，至今仍然不能不说他们敢想敢做。

■ 舞神马约尔

现代艺术精神追求真实。把赐福于人类生活的各种管道彻底暴露于外，彻底翻转内外结构，颠覆主从关系，这大概也是1968年法国学生运动失败之后，革命力量的大转移吧。

那里面东西的革命力量就更大了。蓬皮杜的博物馆分上下楼，上面是1905年到1965年的作品，下面是七十年代到今天的作品。中国人的东西只有四件。而且都是长期在海外生活的。所以蓬皮杜与中国没有多大关系。

有些画家的东西总是如见故人。如马蒂斯、夏加尔、莫迪里阿尼等。马的天真稚拙浑朴，夏的诗意梦幻，莫的沉心冥想，当然，尺寸都比我原先所接受的印刷品要大得多，因而感染力更强了。曾几何时，包括这里不见的塞尚、梵·高、高更等，他们都是我们大学时代艺术生活的一部分。有了马蒂斯的暑假，即使天很热也热得有色彩有生气，黄土地配上红T恤也不那么难看了。夏加尔那飞起来的牧羊女，也正好做了我一本诗集的封面。莫迪里阿尼笔下人物长长的脖子与长长的手，"道人相近，红尘远逝"，帮助了很多回安静的思考与秋天的冥想。噢，岁月如流，没想到到蓬皮杜来也会怀旧的。

还是忘不了达利的视觉冲击力。达利对梦境、对潜意识的探索无与伦比。有两幅作品印象甚深：其中一幅是《头脑中满是云朵的人》，画一人头像，无五官，有蓝天、白云，甚清新、空灵。二、画一荒原，远近几株树，极静，中景是一幅白布，遮住一棵渐枯无力的老树，老树在风中倾斜，同时，白布中探出一人头，金发，看远方。天空上有极为不安、流动的大云团。给人的感觉是，远方在暴雨，一种莫名的期待与不安。达利的那种才华横溢的霸气与君临天下的俘获力，令人一看就忘不了。

蓬皮杜里的现代艺术，也有不少明显的是宣泄暴力的，那没有

■ 如见故人

■ 夏加尔作品

多少技艺与功力的，那些小巧的，那些阴暗的，那些过分形式主义的，以及那些莫名其妙的。当然，进入蓬皮杜其实已经成为历史文献了，还有什么比历史本身更合理的呢？比这里的现代派更为大胆奇特古怪的东西，不是每天都在巴黎的各大画廊以及当代艺术展览中心（东京宫）展出么？

还是再说说我有印象的一些新鲜画家吧。

Delaunay有一幅*Le Bal Bullier*（1913）色彩很亮丽，但是细看人物在街灯里相拥而行的场景，十分生动，有一种"夜夜春宵"的幻美。

Rouault 的风景我也很喜欢，深浓的笔意，却可以走得进去，而且似曾相识，有沉郁顿挫之味。大概是那个山乡，大概是那个秋野。"山帘翠蔼，门掩寒流"，熟悉而又陌生。

Leger 的作品也好。竟画出石雕一般的绘画，人体是球形为多，有石头与铁块的质感。力量、厚重、浑圆。譬如*Composition and Troi*

Figure，听得见交响乐，有古希腊的感觉。

有的画家大概自己就是病人，或疯子，譬如Dubufft。满纸咒语。*Campagne Heureuse*（1944）一作，一小孩子在村子里骑自行车，一小区里躺着一人如死去，色调是刻骨的那种灰黑，空气好像都凝了。当然这样的作品也是有真感觉的，远胜那些形式主义。

从卢浮宫到蓬皮杜，我们可以感觉到现代艺术比古典艺术多了天真、多了非理性的胡言乱语、多了玩笑与戏谑。然而天真与戏谑的精神，正是法兰西文化的精彩之处，他像一个神奇的小孩子，把世故年老的、严肃沉重的、刻意崇高的以及规范严谨的世人，统统加以戏谑之嘲弄。还是雨果说得好，完全可以将他的这一段文字，放在蓬皮杜的门口：

> 巴黎不仅制造法律，它还制造风尚，巴黎不仅制造风尚，它还制造规范。巴黎可以变傻，当它高兴那样做的时候，它有时允许自己享那种清福，于是整个世界也跟着它傻了，接着，巴黎醒过来了，它擦着自己的眼睛说："我多么蠢！"并且还对着人类的脸放声狂笑。一座这样的城市是多么奇妙！事情确也奇怪，宏伟和狂放能相互调和，威仪能不为丑化所扰，同一张嘴，今天能吹末日审判的号角，明天却又能吹葱管！巴黎有着一种庄严的嬉笑，它的笑声是劈雷，它的戏谑有威严，它有时能在一挤眉一弄眼之间引起风暴。它的盛怒、它的纪念日、它的杰作、它的伟绩、它的丰功震撼着整个大地，它的胡言乱语也是这样。它的笑是火山口，溅及全球。它的讥诮是火花，它把它的漫画和理想影响着其他民族。（《悲惨世界》第三部第一卷）

凯旋门与拉德方斯

■ 凯旋门一角

拉德方斯（La Defense）是巴黎的现代建筑群，又叫国防部开发区，是为了避开老城区不允许高楼大厦，而在巴黎的东区崛起于上世纪八十年代一大片林立的高楼。它的标志建筑像一个巨大的门。从地铁一号线坐到Esplanade，出来慢慢朝一条长长的步道往上走，拉德方斯一点点由小变大，我们可以久久玩味那种方与空的感觉：方是理性，空是诗性；不方不行，不空也不行。大概这是去看拉德方斯的最佳方式，以及基本含义。这条长长的步道，就是人生的时间与人类的历史。拉德方斯意蕴丰足，不能不说是现代建筑一大杰作。

我不知道拉德方斯"门"的构想有没有从凯旋门得到启示，完全

■ 凯旋门

可以将处于同一中轴线上的两座建筑，视为同一系列的作品。不仅拉德方斯也是门形，也是体量宏大、视线开阔，而且也是前面留出来了很长的道路空间，既可近观，也可远眺。这真的是最经典的英雄主义与自由主义时代的建筑。任何游客都会很自然想起那句著名的格言："不想当将军的士兵，不是一个好士兵。"看了凯旋门和拉德方斯，才知道当年拿破仑回国下葬的时候，英国的维多利亚女王，为什么会带了后来的爱德华七世，在拿破仑的墓前下拜。

但是，毕竟前者是现代性，后者是古典的。为什么呢？远眺拉德方斯，是静观的，因为是步道；而远眺凯旋门，则是动感的，因为有滚滚的车流，从那里面奔涌而来。这表明，古代的耀武扬威，独裁专制，已经被现代的理性权威与和平至上所取代了。

但是设计者非常重视一种主次关系，绝不想去破坏了凯旋门在巴黎城的核心地位。也没有开通拉德方斯的车道，即保留了城市主动脉的原有生态，保留了凯旋门的现代活力与辐射功能。将动力之源留置于深远的古代，这是现代人的含蓄与克制。

为什么要保留这个动力之源？因为由拿破仑所象征的那个历史时代的英雄主义与自由主义精神，依然是欧洲现代文明的源头活水。

但是凯旋门的后方有这么一条通往拉德方斯的线路，一条没有车水马龙，满是儿童嬉戏、老人负暄、居家意味的拉德方斯步道，尤其是拉德方斯又以那个无比空灵的方而著名，则表明巴黎的现代性空间，并没有止息与封闭。

拉德方斯的存在，也多少消解了一点法国人对拿破仑的复杂心态：说也是个枭雄吧，他确是当时法国民众万首翘望的大救星，不仅彻底结束了恐怖时代，而且拿破仑做皇帝的十年，确实使法国内部稳定发展，外部强大；说他是个英雄吧，可是他穷兵黩武的征战，上百万法国青壮年的生命，在他那里灰飞烟灭。仅拿破仑宣布要"在凯旋门下荣归故里"的奥斯特维茨一战，就有近万法国人尸横遍野。

你要到了这里，才能感悟历史：拿破仑当初以专制保民主，以战争促发展，不是说并非一条有效的道路，而是虽然有效，仍然通

■ 拉德方斯之夜

063

往悲剧性的毁灭的道路。在今天的条件下，更是没有前景的。

　　所以，仔细谡读拉德方斯的那个"方"，它真的是可以大得将凯旋门放在里面的。是对专制的规范么？没有方，不成范；没有空，不成像。于是，有了拉德方斯的存在，很安静，很理性，很亮，尤其是晚上，完全可以延伸凯旋门的游览线，甚至，巴黎之夜，如果没有去拉德方斯，就不能算是领略了巴黎之夜。而夜是安静，是休息，是温柔的冥想与诗意的时间。

盖·布朗利博物馆

■ 非洲艺术

　　然而说法国人太富于文化傲慢也不完全对。你看他们对多元文化的推崇与热爱，就会发现他们其实是又自尊自贵，又开放包容的。眼前最生动典型的一个例子，即列为艺术家免费参观的首选博物馆盖·布朗利（Musee du Quai Branly）。在埃菲尔铁塔下面，刻意做成一个埃菲尔的反题：像一架巨大的钢琴那样横陈于塞纳河左岸的盖·布朗利地区。如果说卢浮宫是大餐，盖·布朗利就是野餐。如果说卢浮宫是正宫大殿，盖·布朗利就是"露营"，就是以天地为屋宇。

　　不能说卢浮宫是欧洲中心论，因为它里面还有那么多古代东方、伊斯兰、埃及的世界级宝藏。但是卢浮宫的正餐无疑是欧洲文明。从古希腊、古罗马、十八世纪十九世纪这样一线下来，源源混混。而盖·布朗利不是这样的，它是空间的，一进门就是大洋洲，然后是亚洲、非洲、南美洲，独无欧洲北美。可以说它是刻意作为卢浮宫的另一极，来消解欧洲中心主义的偏颇。法国文化的世界性，不仅体现在卢浮宫那样琳琅满目的聚宝盆，而且体现在盖·布朗利这样深山大泽的大金矿。而且，如果卢浮宫是风月宝鉴，那么盖·布朗利就是风月

■ 布朗利美术馆的馆址

宝鉴的反面。如果卢浮宫是唐僧，盖·布朗利就是孙行者。卢浮宫是结构主义，盖·布朗利就是解构主义。因而盖的存在，可以与卢浮宫双峰并峙，恰恰它们一在右岸，一在左岸，我不知道这是不是城市景观学与地理政治学的良苦用心。

没有听说过盖·布朗利博物馆，也不怪，它去年才刚刚开馆。我相信它会被越来越多的人知道，而且到这个集世界大成的宝库，来研究艺术史、人类学与宗教民俗学，延展多元主义文化的思想。我甚至认为，过往不论，当今教授人类学与艺术史与宗教学的教授，如果没有在这里进修过，可以说只是小学生而已。因为，这里的原始艺术文物、文献、图书、档案、田野资料，已经极为丰富了。

这个博物馆是希拉克总统工程，他们似乎是学中国的清朝皇帝，盛世修典，每一总统都要留下以自己命名的重量级文化工程。譬如蓬皮杜当代中心、密特朗国家图书馆等，希拉克总统的宗旨，是以多元文化的提倡，对抗单极世界，重建法国作为世界文明领军地位的真正中心。他的目的有没有达到？不一定要有结论，但我相信每一个经受过盖·布朗利所带来的心灵震撼的人，一定会有自己的思索。

对艺术品的观照方式本身，也是一种文化建构。对于盖·布朗利的陈列构思，我最突出的感受是：震惊体验，气场感应，同时是尊重、了解，而不是猎奇。如果只有后者，那么观照方式会变得非常刻板，成为一种参观学习式的理性知识积累。国内很多博物馆的陈列方式，都让人昏昏欲睡。而且没有震惊体验，也就没有真正的思想产生。这种以震惊体验打头的观照方式，也是非常后现代的。什么是"震惊体验"与"气场感应"呢？一方面，他们时时注意以最原创最新奇最刺激的视觉经验来冲击观众，无论是展品所用的材料、所具的尺寸、所制作的方法、所传达的意象，以及所表达的观念，所有现代派的作品都相形见绌，可以用"魔幻恒河数沙"来形容。我原先看了蓬皮杜所受到的那一点点视觉紧张，如果放在这里简直就是幼儿园小儿科。另一方面，博物馆非常注意感受性，刻意营造"气场"，让人有现场感。譬如灯光、位置、关系、音乐、构图等细节，都能带进神秘原始的时空脉络，去游客化，去现代化，使观众庶几乎忘身何处，沉落于无限时空。我从博物馆出来的时候，如梦方醒，片刻间竟然忘记了我何时来到巴黎。再举一个细节，有不少展品都有多媒体来帮助理解，你可以坐下来听看，然而你坐下时的环境、空间、坐椅的品质，会产生一种错觉，竟会让你有身在山洞、田埂或树林草坡之感。

正是上面所说的观照方式，使博物馆离开了一般旅游观光的猎奇趣味。所以，震惊体验、现场感受，与客观的了解，绝不是对立的！而且，我们总是简单将求美的欣赏与求真的科学对立起来，其实，越是真正的现场，越是可能客观；越是感性地进入，越是可能远离主观的立场，达到深入的了解。这其实不也正是我多年诗学研究的一个印证么。尽管，从文化再现的角度来说，已经很难做到真正的客观，但是我想他们尽可能朝这个方向做，有没有这样的理念，其实是最重要的。我时时可以感受到他们的努力。除了上面说到的细节之外，譬如，以多媒体的方式，以图像、录音、专家解读和人类学纪录片等丰富的渠道，在每一组重要的展品面前同时展开深描的工作，让观者进入"在地"（local）的观照，不仅为他们暂时解除一种现代城市人的身份，甚至使他们随着当场音乐的拍子，身体进入；随着当地生活的图景，心想神会；使他们成为某一仪式的参与者、分享者。又譬如，有不少展品，对于当地人民来说，其实是他们的圣品、祭品，而不是展品，是藏在他们的密室地下高树深林之中，不是所有的人，尤其是外来者可以随便看的，这样的东西，在盖·布朗利里面，就用心良苦地设计了不少类似于"密室"、洞穴那样的展览场所，而且以灯光、橱柜、曲径，造成层层包裹的效果，引导了观者必须以一份虔敬的心态去面对这些物品。对我来说，看到这些东西的同时，是产生了相当的惊讶，这些理念，与现代技术手段十分自然地融洽，确是代表了当代美术馆方式的最新创意，而且，从更大的意义上说，也体现了古代文化在当代社会如何再生产与消费的重要成果，对于中国文化意象的生产，不无启迪。说来也真是惭愧，我在杭州，天天路过一家皮影博物馆，但似乎从不开放。我对于皮影的认知，只是从张艺谋的《活着》，才看得多一点。可是这里，我非常完整地看到了皮影的全套资料，包括最好的录像资料。我眼见一法国女孩边看边笑，看得专心投入，我赶快将这一镜头抓拍了下来。

　　盖·布朗利，对于深受十九世纪理论建构影响的人来说，恐怕知识与观念的拆解力是来头不小的。譬如人体与艺术的关系，如果用黑格尔的观点，那就是在人类的精神发展史中，人体作为神的器官，而渐渐发而为充满阳光的自身，自主、放松、自在、独立。但是这里根本不是这么回事。这里根本就没有精神与形体的二分，本来就是一生二，二生三。指向天地人神一体。为什么要一定是西方那样呢？人的形体是原始艺术最重要的媒介，但是永远没有黑格尔所说的那种发展，难道它没有历史，就是低级么？难道一定要像西方历程那样，才是合乎逻辑的么？譬如，神道设教、艺术起源、艺术表现人生、游戏、夸张、刺激等观念与理论，这里都将见招拆招，重新发落。一个值得反复思考的问题是艺术的宗教性质。按现代分化的观念，是一定要分开、独立，才显得现代的。你看蓬皮杜一进门，就是三台起重机，把人的部位，头、手和身子，分成三个网包，高高抓起来，又重重扔下去，象征着魂不守舍、身心破裂以及顾此失彼，在拉德方斯还有一个巨大的大拇指，高高地树在路边，象征着一枝独秀的成功哲学。这是"分"的时代的典型象征。可以说是"残肢败体'的时代。而这里却是"聚精会神"的世界，身体的每一部分，都与其他部分相依存。西方文明，从现代开始走向"分"的世界，物质与精神分，形式与内容分，决定与被决定分，神与魔分，而原始艺术可能最大的启示就是每一细节的里面都有"神"，神无处不在。所有的艺术作品都有一种小孩子做鬼脸时的天真与单纯，又有老人说遗嘱送故旧时的沧桑与深邃，天真单纯与沧桑深邃奇妙地混合着，里面又有一种拂不去理还乱的深情绵邈与歌哭唱叹——我本来是想拍一些作品供进一步观摩，然而最令人不可思议的是，我反复拍的一个雕塑，总是只出现一个空空的头部轮廓，那神秘的脸部竟然根本隐而不显。我本不愿走向神秘主义的解读，但是这多张没有脸的空空的神秘照片就在我的照相机里！这让我最终接受了来自不知何方的启示，放弃了数码记录的企图。

巴黎圣母院的晨昏

　　我现在常常走路去图书馆，途经路易小桥，巴黎圣母院，几条安静的小街，几家小书店，然后到来蒙涅尔大主教街的拐角，就是法兰西学院的汉学研究所。我在那里有一些资料要拍照。

　　每周六的晚上六时，我都不会错过巴黎圣母院的仪式，那时有很美的钟声和管风琴的极美的音乐。

　　巴黎圣母院，晨昏朝夕的相处，也拾得几段文字留个纪念。

　　我经过巴黎圣母院的时候，每每会遇到两个音乐家，不多不少，总是两个。一个桥头，一个桥尾，他们的演奏彼此不相干扰。

　　每当我路过的时候，总要停下脚步来，听一会儿。因为，那些音乐，都很好听。

　　手风琴，或英国管，或吉他，除了那个吉他手，每次都有不一样的音乐家。

　　后来我听出来，这些音乐绝不是法国的，而是各地的民歌。苍凉，忧郁，又有一点激烈，如歌如泣。

　　手风琴多半是东欧的，波兰，或匈牙利，或俄罗斯；吉他，多半是南美，巴西，或阿根廷；管乐，则是北欧的比较多。歌手深深懂得，当地人天天见，不一定会丢钱给他们。更多的是游客，而游客，之所以驻足聆听，是因为那熟悉□音乐，伴着塞纳河的汩汩流水，秋天里飘飞的梧桐叶，而勾起了淡淡的乡愁。

　　尤其是在巴黎圣母院哥特式的教堂衬托下，那音乐，又多了点混合着艾斯米拉达的柔情与敲钟人的伤心，又伤心又奔放，再一听，底子里尽是无边无际的怅怀。唉，全世界，你到哪里去听这样的音乐呢？

■　圣母院

　　巴黎圣母院广场　在一个小岛上。最早只有教堂前有广场，后来是皇宫前修起了广场。教堂有两座哥特式的高耸的尖塔，一座长方形廊柱大厅。大厅里面非常高，下面人头攒动。闪动的烛光、以及烛光所映照的少女的脸，一看就不能忘。教堂顶部飞翔的天使、圣徒的长袍，金碧辉煌。高大的彩窗，童话般的梦幻，天堂般的蓝色调。我每回都想到　在没有书籍、电影、画报、电视，甚至连色彩都没有的乡村，那些长年累月面朝黄土背朝天的农夫农妇，一旦在星期天的早上，走进教堂，发现如此动人的色彩、如此迷魅的景象，他们卑微的身体，被管风琴圣洁的音乐环绕着托举着，他们干枯的灵魂被神父慈祥的声音温润着，他们怎么不感动得涕泪横流？法语的"广场"（Parvis），正是源于"天堂"（Paradesus）。

　　每天圣母院广场连接拉丁区的桥上，都有全世界最精彩的卖艺人的表演。我看过最多的是自行车与滑轮。游客在登上圣母院顶的收费处大排长龙。一家非常可口的冰淇淋店总是门庭若市。然而今天的游客不知道的是，原来十九世纪以前，这个地方是集神的欲望与人的欲望于一体的广场。神的欲望当然是上帝对他的信徒的爱，而人的欲望有两种表现，一是广场旁边的戈拉蒂尼街，那里在路易时代，就是合法经营的巴黎著名红灯区，因而会出现艾斯米拉达这样的尤物。另一种表现是教堂内的肉欲沉溺，十六世纪就有这

■　圣母院女孩与小鸟

■ 这女孩往中间一坐，旧书店就一下子回过神来

样的说法："大教堂是纵情声色的地点。"广场上居然有一家弃婴医院，好像是专门为了收罗那些常常从教堂里丢出来的纵欲的产物。神欲与人欲的集于一身，使我想起看过的一部电影《破浪》（*Breaking Wave*），一个妻子为了满足瘫痪丈夫的要求，牺牲自己，与各种男人发生关系，最终是一罪孽深重的结局。对上帝的爱欲与男女之情欲，也可以如此自由转换。因为这样的人生始终以"爱"为最高目的。

巴黎圣母院的河对岸，就是广为人知的莎士比亚书店。关于这家巴黎最重要的英文书店，实在是太著名了，我去的时候，门口也有游客在拍照。很旧的门面，是那种我们在中国的乡下才会看到的无油漆而磨木成漆的深酱色老木门窗，古色古香，与圣母院十分和谐。里面也是年久月深的酱色老书架，直抵高高的天花板，书欹欹斜斜，有一点暮春草长、残芳烂漫，而犹堪携酒的意味。已经很小的空地，有一个铁圆栏杆，里面丢着一些硬币，不知是什么意思。书店的中间坐着一个高高的漂亮女子收银，看她忙的样子，书卖得很好。不知为什么，这女孩往中间一坐，旧书店就一下子回过神来。

书店的里面挂海明威在书店前的照片，光这一点即可以傲视所有的书店。还有一个特点是尽头处放着一架老钢琴，不知是谁，游客，或是住户（书店楼上楼下，有三个床铺），不时会弹上一曲。听惯了现代化大城市大书店的背景乐，会觉得这个更亲。

收银台边上，卖着各种有关书店本身的明信片，显示出百年老店不凡的身份。

最大的区别是书好找。一看就知道很专业。哲学、历史、文学、传记、旅游，一丝不乱。政治在哲学里面；历史又分中世纪史，当代史，法国史等。文学只有小说。爬上梯子去找书，也十分稳当。

　　我第一次去，想也不想就买了一本书，一本1949年版的Keats 1820年的诗选。有名家M. Robertson的导读和详注，品相也好。十欧，贵了点。在上海，一本1949年版名著不过二十块钱。敲一个莎士比亚书店的章聊作纪念，同时纪念我三十多年前在工厂时对于Keats的喜爱。

　　■ 书店的里面挂海明威在书店前的照片

那天我买了书一边走一边看，走过圣母院的桥，差点撞到一个雕像上面。回神一想不对，桥上怎么会有雕像呢？定睛一看，原来是一个女子，站在一个台子上，把自己做成一座铜像，立在桥的人行道上。仔细观察，她的眼睛也一眨不眨，然而风吹过来，"铜像"的衣裙却会冉冉飘动。有一小孩丢了一个钱，那"雕像"就缓缓地鞠一个躬。幸亏我走得慢，不然真的把这"铜人"撞倒。我想起那天去参观蓬皮杜时，进门前，也看见广场有一个女孩在做活体雕像，只不过是铅色的。令我惊异的是，我在蓬皮杜看了三个钟头的展览，又在沙发上睡了一个中午觉，居然出来时，见她还在那儿，一动不动，而地上只有很少的几个钢板。

　　《圣经》里说："你们不可做什么虚无的神像，不可立雕刻的偶像或是柱像，也不可在你们的地上安什么錾成的石像，向它跪拜，因为我是耶和华你们的神。"（《旧约·利未记》）

　　是不是西方现代年轻人从内心深处都在与基督教的教义对着干，自己成为自己的神？自己敬自己，因而成为一种个人主义的宗教？这样的行为艺术，从严肃的意义上说，莫非也是一种真诚的修炼过程？

塞纳河畔听歌

从房间的落地窗看出去，这里一大幢是仿古堡式的建筑，一个凹字形的大院子。对面的墙上爬满了翠绿的爬山虎。山墙有一缺口，可见对面百米，三层的三间窗户，都拉着窗帘，小窗台上，蓬生着红色的花。院子的地是凹凸不平的石头做的，角落里似有一石刻的碑，显得古色古香的。阳光似乎随时都投影在墙上。墙头上有一些高高的自搭天线，T字型的那种。鸽子不时在落地窗前飞来飞去。再远处即是教堂的钟楼，时时有钟声传来，钟声安静，沉实，平和。

我们其实都是向往着温和、平静的动物，一声钟声，正是唤起了内心中的这种本能的需求。这是我在异乡里得到的最早的心灵体验。

随便走走，走到了犹太人区。有一条小街Rue Hopital，我在那里吃法拉菲尔，一种馅饼，听西班牙二重唱。玫瑰街的咖啡店极有特色。礼品小店的东西精美迷人。

在八月的巴黎街头闲逛，特别容易对每一个橱窗、每一块古老的街石，每一声街头的音乐产生移情。体会到波德莱尔所说的诗人特权：

> 诗人享受着既是他自己又充当他觉得合适的某种人的那种无可比拟的特权。就像游魂寻找一个可以依附的肉体，他随时进入他想

进入的另外一个角色。对他本人而言，一切都是开放的；如果某些地方对他关闭，那是由于在他心目中，这些地方不值得巡视。（《作品集》第一卷）

晚上去散步，往西岱岛(Ile de la Cite)。似乎每座桥都有个性，因为衬托着不同的楼影。有一黑人唱着歌对我说BONSOR。有一青年好像是问我要不要照像，我有点顾忌，没有给他相机。

河边一有色男人，饰公鸡状头饰，与一法国女郎交谈甚欢。河畔人寂，一异乡青年女子，坐椅上低头食面包。桥边，这样古典的地方，竟有一廉价服装箱包商店，灯火辉煌。

回来路上，塞纳河畔的歌声，远远就吸引了我。湛蓝的天幕

■ 回来路上，塞纳河畔的歌声，远远就吸引了我

下，温暖的梧桐黄里，有一群人。走近俯身桥下，只见约十五六人，中青老年人都有，围一破旧钢琴，有一头戴毡帽的街头艺人（钢琴上有一装硬币的小碗。不然，如此热烈而融洽的气氛，真以为是家庭友朋聚会呢），边弹边唱边打着拍子，旁有一鼓手伴奏。一曲又一曲的法国民歌，节奏明快，群情欢喜。尤其是其中一法国女孩，身材修长，湖蓝色的长裤，蔷薇色的衬衣，橘色的纱巾，披以黑外套，且歌且舞，身姿曼妙，人似画中。从桥头上看过去，背景是暮色苍茫中的西岱岛，主宫医院（Hotel Dieu）的巍峨楼影，远处云飞云起。河中时有游船驶过，蔷薇与绀青的河水。每当有船过时，唱歌的人就会扭动着身子，向他们挥舞双手，高声致意。河畔还有一老者，却在专心抛着沙地铁球，浑然不觉周围之事物。路边

■ 呼吸巴黎的空气，便是保持灵魂的健康

有一小黑狗，追逐着一只空易拉罐，每一个动作，似乎也随着音乐的节奏，舞之蹈之。此情此景，实已胜过任何专业表演，令我等桥上观者，低徊流连而久不欲归。

莫非这正是法兰西民族自由、乐天的天性的日常表现？我们在中国的一些城市的公园里，也会常常见到一群群唱歌、跳舞的人，但是令人遗憾的是，年龄单一，尽是退休的老头老太，似乎他们正在弥补过去压抑生活的损失，正在抓紧最后的光阴及时行乐。我们没有能见到中壮年、青年，他们都忙。我们也没有能看见卖艺的音乐家，那样的跌宕自喜，与普通市民之间，如此天真单纯，以乐会友，以艺术来打破人与人之间的隔阂。

熟悉中国当代民间音乐史的人，大概都知道文革期间，其实有一个外国民歌的流行时代。虽然是地下的，但却是相当普及的。因而对我来说，特别的是，他们唱的法国民歌，大都是我青年时代熟悉的曲调，却叫不出名字来，此番如逢故旧，乃是久久在梦中、在当年绮丽情怀中遥远的异乡，此刻正是生命中的故人归来。那是少年人的乡愁。此夜笛中闻折柳，何人不起故园情？

当我正要离开的时候，忽然鼓声点点，一阵再熟悉不过的歌声响起，我仔细听来，呵呵，那不正是法语班里唱的"ou Champs-Elysees"（噢，香榭丽舍）！记得，我在老师放这首歌的时候，第一个听出了Champs-Elysees这个单词。欢快喜乐的歌曲，河边载歌载舞的场面，深深感染了我。语言与文化，我又一次知道了，是人们对自己、对他人之间，相互认同的重要凭证。我不禁为那本名为 *Alter Ego* (第二个我)的法语教材折服，"第二个我"这一书名，清楚地表明了他们的当代意识、文化旨趣，这都是值得汉语教材的编者好好学习的。

■ 我住的地方

沿着夏天夜晚的塞纳—马恩省河散步，头上是星光，最好的默诵是雨果《悲惨世界》里对巴黎的赞美：

> 在巴黎的空气中存在着一种信念，正如在海洋的浪潮中存在着盐，也正像盐能防腐一样，在从巴黎空气中得来的那种信念里产生了某种不可腐蚀的性格。呼吸巴黎的空气，便是保持灵魂的健康。（第三部第一卷）

回家来翻抽屉，见一本子，其中有中国美术学院的师生，留下的法国生活备忘录，譬如哪里有超市，买什么样的通讯卡，如何坐地铁等。异乡见汉字，一笔一画，亲切有情。这是中国美术学院在巴黎的工作室。我有此机会，得以在塞纳河边住三个月，研修艺术史，考察法国汉学与欧洲文化。

巴黎的跳蚤市场

天气冷了，今天去跳蚤市场买衣服。在Porte de Clignancourt下车，问了街头问讯房里的人，圣图安怎么走，就很容易找到了，是一大片看不到头，似乎也走不完的路边商铺和小摊，确实是大，据《欧洲时报》说是全世界最大的跳蚤市场。

服装箱包饰品类特别多，满坑满谷。衣服确实便宜。一件秋天的夹克，只五欧元。淘便宜货，是跳蚤市场的一个最大的好处。

但是我觉得跳蚤市场更像是一个社会生活史的博览会。里面可以看到法国一般民众五六十年前的老东西，有民俗与日常史的价值。譬如：老玩具，从塑料、纸到木头、铁、皮革，应有尽有。老瓷器，从杯盘碗盏，到陶艺小人。老铁艺，从火钩到窗棂。旧明信片和旧手稿，甚至破旧的饮水机、洗衣机、烤箱、面包机、街头自

■　跳蚤市场的中国画

动饮料柜与电话亭，都赫然在目，细大不捐，以极其繁富的生活细节与极其平实的日常角度展开着历史的记忆。如果你只是看香榭丽舍大街上的橱窗，那里的巴黎是平面的，而这里才是立体的、有浓度与深度的、有真实生命色彩的巴黎。这里是巴黎人家里打开的橱柜抽屉，是他们衣服的里子与少年的照片簿。你能从中打量法国人如何过日子，体会到他们是如何珍视日常人生与个人生命史中的一草一木的。

巴黎的跳蚤市场，教我们看出了巴黎城市社会生态的丰富。有丰富，才有自由。

我还买了一只盘子，一只长圆形的小盆。每个都仅两三欧元，盘子黄底，画着疏疏的树叶，满目霜天的样子。盆子淡绿花边，骨色。买这个当旅游纪念品，我觉得才是真正的纪念品，因为这有真

■ 跳蚤市场另一个可去的地方就是书店

实生活气息，是法国人民的日常用品。而旅游纪念品只是商家的商品而已。用品与商品，一有生命，一没有生命。要不是考虑带着不便，我想买的还有剑（剑术用的那种）、面具、手杖、灯座和梳头盒子。

跳蚤市场另一个可去的地方就是旧书店。真是应有尽有。跟C字头的小猫小狗放在一起的中国书，当然也不多。我只找到一架以画册和旅游介绍为主的实用书，却发现一本1975年出版的毛泽东语录汉法对译本。很厚，要三十六欧，我没有舍得买。其实对于研究毛泽东在海外的历史，这本书也许有点价值。

我在法语诗歌的著作专架前多花了不少时间。呵呵，那是何等的规模，看了这些书，才知道法国多么重视诗，十分系统的诗选，从年选、时代选、流派选、地区选、桂冠诗人选、个人选、历史选、体裁选、主题选等，应有尽有。而且动辄是大部头。诗论也非常之多。总得买一本作纪念吧，我挑了一本最薄的，仅五欧元。原因一是诗句看起来简单，二是装帧非常美，封底与封面，都是一些小人在跳舞。书名也有点吸引人：*ELLE*，是一个叫作居莱维克（Guillevic）的诗人，1992年的集子。回来"谷歌"一回，竟发现他还是"当代法国最重要的诗人之一"（one of the contemporary French poets of most important），而且，英文评论最后说道：

Little by little, the dream becomes dominating and it creates for itself a secret garden, its "field" where each poet can enter to dream with him. Doesn't each poet carry the hope to remake the world?

渐渐地，梦变得很有力量，它为自己创造了秘密花园，一处每个诗人都可以进来与他梦里相逢的栖身之所。每一个真正的诗人不正是这样携带着希望，重新营构自己的世界么？

这不正是我喜欢的诗人类型么？于是试译*ELLE*的开头与结尾：

Elle marche, L'air porte, Elle ouvre un espace, rendu plus present.

It goes, the air carries, It opens a space, made more present.

她所到之处，气机流荡，凿破混沌，当下清新。

L' air,

Est habite de fleuves,

Qu'on ne voit pas.

Elle est leur ocean

Air,

East lives rivers,

That one does not see.

空气

生生如东方之河流

却什么也不见

她是东方之海。

拉雪兹神甫公墓的夕阳

　　傍晚的夕阳穿过稀疏的树枝，将每一座墓碑描上金色或红色的清晰线条，此刻那些各式雕塑神情都生动了。漫步于落叶纷飞的墓道，我的影子长长地在前面领我前行，有时我停下来看说明书时，我的影子又长长地，像莫迪里阿尼的人物那样，静看风中的黄叶嬉戏。

　　在蒙帕那斯的一个墓道口，有一棵大树，有一个穿粉红裙的小姑娘，在树边转圈圈，她的金发，在黑色的碑石衬托下，熠熠生辉。

　　在拉雪兹的小山头上，三两老人，或看书，或沐着微暖的秋阳，他们的下面周遭是百万人的墓。我看着（她）他们的背影时，整个凯旋门的车和香榭丽舍的人流，都全部缩小变形，而且停住了。

　　鸦声满天，金色的树叶满天，伟大的灵魂离我很近，这就是我去过的两个巴黎公墓。

　　巴黎十四个公墓中最有名的有三个公墓，拉雪兹神甫（Père Lachaise）公墓和蒙帕那斯（Montparnasse）公墓，蒙马特（Montmartre）公墓，在整个欧洲都是有代表性的。在德国的柏林曾经看过一个公墓，那确实是德国人的性格，没有多少多余的东西，而且墓碑都比较小，取其达意而已。然而法国人的却不同。自由无羁、个性突出，甚至夸张调侃。我在蒙帕那斯看到有将漫画像、变形雕塑、彩色石头做在碑上的墓。《小妇人》中写道："Père Lachaise（拉雪兹公园）非常令人好奇，因为许多墓穴像小屋子，往里看，可以看见一张桌子，上面有死者的画像，还有为前来吊唁的人们设的座椅。那真太有法国味了。"雨果在《悲惨世界》中也说过："葬身于拉雪兹神甫公墓就好像拥有红木家具一样，那里给人一种华贵的印象。"似可以直接译为"做鬼也风流"，表明了法国人甚至西方浪漫主义的死亡意识，是一种至死不渝的热爱生命。

其实，不仅是了解西方人的死亡意识，而且对于了解西方人的艺术精神及其对人生的态度，巴黎的公墓，都是不可多得的博物馆。

■ 将个性进行到底

将个性进行到底，西方人这一性格，可以在公墓强烈感觉到了。特别是有在中国的清明节扫墓经历的人，看到拉雪兹的千奇百怪，最强烈的感觉，就是西方人活得太活泼、太天真、太爱表现，连死去也不甘寂寞要搞怪。其实你仔细看，多数的墓也平庸老套，但是整个的墓园里，花样实在太多了。大多数都能充分体现出墓主的个性。有的如宝塔，有的如片石；有的门窗紧闭，深山藏寺；有的全无遮掩，素面朝天；有的悲恸欲绝，有的仰天大笑；有的庄严肃穆，伫神而思，有的深情绵邈，仁心仁德；有的厚重，有的轻灵；有的明朗，有的深邃……再结合墓主的身世与功业，更有体会：巴尔扎克的帝师气象，他的墓最醒目的是一尊高昂着头的无肩雕像。德拉克罗瓦几个金字刻在巨大的黑色大理石棺上，在秋天金叶的衬托下特别亮丽，犹如盛大的管弦乐队在演奏。萨特和波伏娃的墓极简洁，淡黄一色的碑与盖，上面有一些枯叶，意味着"存在先于本质"的哲学理念。波德莱尔的白色大理石，小而精致，一下子就从众多的碑中显出来，象征着诗人的现代主义的不凡锐感。傅立叶的老旧粗重，表明他当初的设想是那样与世相隔。王尔德的碑是有巨翅天使飞翔的浮雕，碑身上饰有红叶般的唇吻。观众非常踊跃在上面题词，有一句是："因为你的写作与活动，世界已经改变，谢谢你。"王尔德是个同性恋，是不是这个原因，他的下体也被观者敲掉了。所以只在他的墓边上有英法文的提示：这墓受法律保护，不得破坏。

拉雪兹和蒙帕那斯的个性主义令我感动，而墓园的人文主义更是令我唏嘘。两个墓园各自都准备着一张名单，发给每一个参观者。上面大都是作家、艺术家、科学家和对社会有作品贡献的人。仅以拉雪兹的艺术家为例，除了以上提到的，还有：

米格尔·阿斯图里亚斯：危地马拉外交家和作家，诺贝尔文学奖（1967年）。

让—皮埃尔·欧蒙：演员。

莎拉：著名的法国舞台及电影演员。

乔治·比才：法国作曲家及指挥家。

罗莎：著名的十九世纪法国动物画家。

古斯塔夫·卡耶博特：法国印象派画家。

玛丽亚·卡拉斯：歌剧演唱家。骨灰原本安葬在公墓，遭窃后收回，骨灰被分散到爱琴海海岸附近的希腊。空骨灰盒仍然在拉雪兹。

让—约瑟夫·卡雷斯：雕塑家。

让—弗朗索瓦·哈伯农：埃及学之父。

肖邦：波兰作曲家。

南希：英国诗人，作家，无政府主义活动家。

雅克·路易·大卫：拿破仑的法院画家。波旁王朝复辟后被放逐，令其死后其遗体不得返国，所以陵墓里只有他的心。

皮埃尔·德普罗热：法国幽默作家。

邓肯：美国舞者。

乔治·恩那斯克：罗马尼亚作曲家，钢琴家，小提琴家及指挥家。

苏珊·弗里昂：女演员。

亨利·福尔蒂诺：演员。

热里科：浪漫画家。

斯特凡拉佩里：法国爵士小提琴家。

居内伊：土耳其演员和导演。

萨德哈·赫德亚德：伊朗著名现代作家，散文、小说和短篇故事的名家。

梯克·奥哥多：演员。

克劳德·玉：女演员。

艾哈迈德：土耳其库尔德族歌手及作曲家。

克拉伦斯·约翰劳克林：美国超现实主义摄影师。

马塞尔：法国哑剧艺术家。

乔治·梅利耶斯：法国电影制片人。

伊夫杜·蒙坦：电影演员。

吉姆·莫里逊：美国歌手及作曲家。《门》乐队主唱人，作家，诗人。

加斯帕德·费利克：法国摄影师，漫画家，记者，小说家。

热拉尔德：法国诗人。

卓契亚尼：法国爵士钢琴家。

伊迪丝皮雅芙：著名的法国歌手。

毕沙罗：法国印象派画家。

波佩斯库：罗马尼亚出生的女演员。

普鲁斯特：法国知识分子，小说家，散文家和批评家。

罗西尼：意大利作曲家。1887年，罗西尼的遗骨被运回佛罗伦萨，这里留着他的空墓。

德圣：萨尔瓦多作家，嫁给圣埃克絮佩里，《小王子》的作者。

塞尚：法国画家，印象派之父。

格尔达：德国战后著名摄影师。纪念碑由贾柯梅蒂创作。

路易·维·恩那伊尔：法国剧作家。

爱德华·威·伊拉特：爱沙尼亚艺术家。

多米尼克·维·伊万特：法国艺术家，作家，外交家和考古学家。位于靠近肖邦的坟墓。

阿佩尔：荷兰画家。

有了拉雪兹、蒙帕那斯和蒙马特，人文主义才有一朝圣地，但又不是如麦加那样单一信仰的朝圣地，而是自由、个性、富有创造意味的人文精神朝圣地，人文主义才有一超越时间的寄命之所。因而，不是埃菲尔，也不是巴黎圣母院，更不是老佛爷，只有卢浮宫和拉雪兹，才是世界文化中心。人们往卢浮宫，是谒见世界艺术宝藏，人们往拉雪兹，是谒见世界天才创意的灵魂。这里是寄托人文主义的敬意、温情与信仰的地方。多中有一，既有丰富的个性，又有高贵的人文崇尚。有自由的艺术，才有是世界文化的中心。没有墓园的中国文化，人文主义的灵魂，是来无可往之地，去无藏身之乡。

在拉雪兹，那天快要关门时，我终于找到了位于十一号墓区的肖邦墓。鲜花满墓呵，我看见一位中年妇女，提着一只口袋，里面有几只塑料水瓶，只见她一只只取出来，为墓头的鲜花浇水，接着，又为墓边的一小花台浇水，是专门种花供奉肖邦的。我请她为我拍照，与这位三十九岁去世的钢琴诗人合影留念。

幻影幢幢的街市

　　现在我每天晚饭后都会去散步。渐渐清楚了我住的这个艺术城周边的环境。

　　这个区叫马亥区（Marais），是巴黎第四区。在塞纳河畔的右岸，靠近市政厅广场。应该是巴黎城的中心，巴黎历史的发源地。因为巴黎圣母院就在这个区，散步只须五分钟。圣母院是巴黎各种庆典活动的中心场所，拿破仑就是在这里得到加冕的。而巴黎圣母院广场的一块石头叫"圆点"（Point Zero），是法国境内所有公路公里数的起始点。艺术

■　Pont Marie地铁入口

城门口的桥边，我们每天都要出入的地铁站，名为Pont Marie（马丽桥），以建筑家得名。

马亥的原意是沼泽地，由于靠近查理五世偏爱的卢浮宫，自十四世纪起，成为王公贵族聚居之地。十七、十八世纪达到了黄金年代。但是在法国大革命以后，这里变得十分肮脏、混乱、卫生条件过时，住在这里的既有那些著名的债主和老朽的贵族，也有各种手工业工人，外来的移民也在这里乱搭乱建，因而原来的城中心越来越无可挽救地衰败下去。然而，在1962年，一个叫马尔罗的人，戴高乐政府的文化部长，制定了一个当时很了不起的法令，称为"马尔罗法令"，即允许将巴黎市具有重大历史价值和美学价值的地区，指定为保护地区。这项当时具有开拓性的法令后来不仅成为巴黎保护古迹的一大法令，而且成为世界城市建设中保护古建筑的样板。马亥改造的基本经验是，尽量保存有价值的老建筑，尽量保存老街区可以看见的原生面貌，即街面、路面和门面，将没有历史价值的棚屋、旧房和作坊加以大胆拆除，然后将供水、卫生等内部的生活机能尽可能加以现代化。所以很多街面的老建筑或仿老建筑保存下来了。马尔罗法令还有一条有名的规定是，所有房产者在清洁或装修自己的建筑表面时，不得改变甚至于损坏原来的样式。这使后来的游客一方面惊叹巴黎的古色古香，一方面也觉得巴黎怎么总是那样灰灰、旧旧的。我们今天看到的马亥区，整洁安静，既古意盎然，又风情万种，一变而为巴黎城区最时尚、最吸引游客的景区，现在遍处都是典重雍容的大宅子，有的仍然是富人的豪宅，有的已经成为平民人家分而居之的寓所，有的成为众多的博物馆，我们到博物馆去参观，就像是旧时王谢堂前的燕子。

雨果的故居就在这个区，走过去不远的孚日广场，我去的那天黄昏太晚，改天一定去拜望。毕加索的工作室我已经去流连了一个下午，而莫扎特的故居，与我隔一条马路，每天都要经过的他的飘出乐音的窗子。

再往东走五分钟，即是著名的圣雅各布塔，这几天正在整修，只露出了上半截非常精美而又神秘的顶部，就像一个藏着许多传奇故事与神迹的宝塔。看着这样的建筑，无端地让人暗自里吃惊，坠入一种神魔相会的想象。

找一本书来一看，原来圣雅各布塔来历不凡。除了说"人是会思想的芦苇"的帕斯卡尔曾在此做气象实验，至今塔里还有他的塑像之外，此塔还有别一种高贵与神圣：它建于1552年，那年头，此塔可不是一般人所能进去的，它竟然是欧洲传统的圣地亚哥（西班牙的圣地亚哥St. Jacques即圣雅各布）朝圣之旅的重要起点！哦，那伟大的朝圣之旅呵，每年竟有数百万信徒，餐风宿露，千辛万苦，在生命中花数年的时光，来完成一场救赎之旅。那是一场人类渡劫精神、存在诚意、报恩情感的伟大的试炼。所以，我今天看到整修期间塔身围着高大巨幅的白布，晚上光影变幻，远看疑似广告，走近一看，这哪里是广告？分明是用幻灯投影的塔内各种珍宝、圣物、经卷的特写！即使是维修期间，圣雅各布塔也要把他的庄严神圣，表现出来。而商业社会的广告，是绝不可能在教堂、圣塔身上出现的。

再往东走十五分钟，即是卢浮宫了。哦，幻影幢幢，全世界伟大的艺术精灵都在此会聚。散散步就能散到卢浮宫里面去，流连于庄严辉煌的高宫大殿，呼吸伟大精灵的艺术气息，徘徊于声震寰宇古今名作之前，仅是想想，就令人激动。

昨天办好了一张艺术家证，凭此证件，可以免费往来于巴黎四十多个公立博物馆和美术馆。当天的心情，真可以用雨果的话来概括描述：

> 因为巴黎是总和。巴黎是人类的天幕。这整座奇妙的城市是各种死去的习俗和现有的习俗的缩影。凡是见过巴黎的人都以为见到了历史的全部内幕以及幕上偶现的天色和星光。巴黎有一座卡匹托尔山（罗马的博物馆），就是市政厅，一座巴特侬神庙，就是圣母院，一座阿梵丹山，就是圣安东尼郊区，一座阿西纳利乌姆，就是索邦，一座潘提翁，就是先贤祠……（《悲惨世界》第三部第一卷）

塞纳河书画摊

　　塞纳河书摊的历史也已经很久了。我看过一张很老的巴黎圣母院的画，上面的巴黎圣母院还很简陋，然而就已经有很繁荣的河边书摊了。圣母院是十四世纪得到重修的，那么书商，大概从十四世纪之前就有了。在我住的那个桥边，就有一块铜碑，标题是：Premiers Bouquinistes，上面的文字就介绍了那个桥头原来正是书摊的发源地。大约在十六世纪就已经有河边流动书商了。后来发展成为势头很大的书摊，政府也就限定了十二个地点，作为法定的书商集散地。今天与古代也没有多少改变。但是要先说明的是，所谓书摊，并不是我们这里的摊在地上（书摊在地上，真是应了"斯文扫地"一语），而是靠着河岸石头矮墙的大书箱。今天河的两岸，都有很多固定的那种油绿色，固定尺寸的大型木箱，每天书商们把书取出来，晚上再收回去，上一把大锁，箱子是固定在石头墙上的。看上去，一条书的长廊，犹如镶在美丽的塞纳河身子上的宝石佩链。

　　书香中的法国，比历史与现实中的法国，更能激动人心，成为一道世界人文风景的奇观，可以说，法国的崛起，首先是文学的法国崛起。卢梭在《忏悔录》中，曾经深情写道：

我对于文学日渐增长的爱好，使我对法国书籍，这些书的作者甚至这些作者的祖国产生了深切的感情。就在法国军队从我眼前经过的时候，我正读布朗多姆的《名将传》。我那时满脑袋都是克利松，贝业尔，罗特莱克，哥里尼，蒙莫朗西，特利姆那等人物，于是我便把从我眼前走过的兵士也当作这些名将的后裔，我十分喜欢他们。因为我认为他们都是这些名将的功勋和勇敢精神的继承者。每当一个联队走过，我就好像又看到了当年曾在皮埃蒙特立过赫赫战功的那些黑旗队，总之，我完全把从书本上得到的观念硬加在我看到的事情上。我不断地读书，而这些书经常又都是法国的，这就培养了我对法国的感怀，最后这种感情变成了一种任何力量也不能战胜的盲目狂热。后来，我在旅行的时候发现，有这种感情的并不只是我一个人，在所有的国家中，凡是爱好读书和喜欢文学的那一部分人都或多或少受到这种感情的影响，这种感情也就抵消了由于法国人的自高自大而引起的对法国的普遍嫌恶，法国的小说，

■ 我完全把从书本上得到的观念硬加到我看到的事情上

■ 如诗的夜色

要比法国的男人更能赢得其他国家女人的心；戏剧杰作也使年轻人爱上了法国的戏剧。巴黎剧院的名声吸引大批外国人士纷纷前来，在他们离开剧院时，还为之赞叹不已。总之，法国文学的优美情趣，使一切有头脑的人折服，而且在那最后吃了败仗的战争期间，我发现法国的作家和哲学家一直在支撑着被军人玷污了的法国名字的荣誉。

■ 法国的书名，我只能识得十之二三

　　塞纳—马恩省河畔的书摊前有路边的长椅，可以坐着很轻松地看书。路边有大树成荫，秋天里有些凉意了，每每看见穿着风衣的老外在那里看书，夏天一定是更好的去处。我每次路过，都忍不住翻翻看看，尽管没有一本英文书，法国的书名，我只能识得十之二三。有一次问老板，有没有关于中国的书，老板好不容易才找出来一本介绍清朝的女皇的。可见书摊主要做的是西方游客的生意。

　　然而必须强调的是，书摊很大程度也是画摊，你看了这里的各种绘画，才能真正认识巴黎原来也是一个"生活在画中"的城市。画片有风景、建筑、人物、文物、艺术品、日常生活细节、历史事件、当代文化等，画种应有尽有。某种程度上，是有了画摊的种种巴黎形象，巴黎才是一个镜相交辉的五光十色的美人，如果没有这种种镜相中的巴黎，很难想象现在的巴黎还会不会这样一下子就迷人。很多摊点其实是以卖画和小绘画工艺品为主。有手绘的，更多是印制的各种风景画片、明信片、漫画和小磁画、挂件。其中，怀旧的画片占了相当大的比重。怀旧的题材包括人物（梦露、猫王等老影星）、老电影、老戏剧、老房子以及旧文物。分明构成了一个可以视觉消费的、做旧了的巴黎。让一般游客觉得这个城市充满了老外婆以及老外婆的外婆的故事。这是一个有丰富的无底洞般的视觉记忆的城市。与城市有关的视觉记忆，是一个有文化身份的城市的标志。其实历史并不一定就是教科书、博物馆，或反思或斗争与批判的武器，历史就是人世悠悠，就是日常生活的相亲的感觉，就是外婆的身边那种家的感觉。历史也代表着一种文化上的温和的民主观，就是对新的和对旧的都一视同仁，对老人和孩子都一视同仁，对穷人与富人都一视同仁，对失败与成功都一视同仁，没有那种暴发户的、唯权力、唯金钱至上的势利嘴脸。当然，历史也代表了一种曾经有过的激情，比如这里左岸的书摊与右岸的明显不同，有不少卖列宁、格瓦拉的画像。表明曾经有过的火热激情，如今也成了今天的视觉消费品和城市图像秀了。

法语与法国的“大国”意识

　　今天陈庆浩先生邀请汉学家聚会。陈太太也是一个法国博士。同聚者还有毛博士、张博士、陈捷教授及其夫君永富教授。吃了巴黎著名的陈氏超市的烧卤味，陈先生亲手做的芋头烧鱼块，以及法国的点心、香港的月饼、英国的薄荷巧克力，以及中国的功夫茶。

　　张博士是上海到法国做课题的青年学者。陈捷教授是从北京去东京的学者，做明治时期的中日社会交流史研究。毛博士是从台湾到法国读成的博士，论文已经出版，颇有佳评。她做的是以丝绸为中心的古代中法技术交流史研究，这是国际汉学的冷门绝学，有点空谷足音，也有点像庄子说的朱泙漫，三年成屠龙之龙，而无所用其技。然而她学法语经历令人羡慕：幸遇一法国女孩，受邀请到她的外婆家去住，然后跟老人家在一起生活，做了长时间的“听读”练习。大陆叫“听写”，大家都说这是学法语的最好方式，远胜今天大城市里的法语班。陈先生还说，学语言，住在巴黎没有住在外省好。我这时想起圆圆如果学法语，要有这样的运气就好了。毛博士的经历颇有些传奇，完全在法语国家生活了多年，从语言过关，到生活融入，最后才是博士学位和现在的博士后。问她呆了多少年，她叹气，说很久很久了。我问像她这样的台湾人多不多，她也说不多。我说她可以算是一名侠女，因为早在柏林墙倒之前，她就背着背包，大胆地从东德穿到了西德。

下午是每月第一周卢浮宫的免费参观，陈先生家就在卢浮宫旁边，街名很古，他戏称为"修道院的小菜园子"。所以陈先生也安排了我们享用这道大餐。人也没有想象的那样爆满。我不知道那些没有文学知识与历史知识的中国青年人，如何能从这里得到更多的享受。就拿雕塑说，如果不知道戴安娜、阿波罗、丘比特等神的名字和他们的故事，如何能从那些生动而典型化的神情动态中，得到美妙的体会。还有夏天、冬天、水果之神、仙女等，以及普罗米修斯、斯巴达克斯、朱庇特等，至少要懂得牌子上面的标题才行。何况，有不少中国人是旅行社组织的长途奔

■ 如果不知道戴安娜、阿波罗、丘比特等神的名字和他们的故事，如何能从那些生动而典型化的神情动态中，得到美妙的体会

袭，只给一个钟头在卢浮宫里，大家只能在里面迷路，找找达·芬奇密码的感觉而已。我想将来豆豆大概是一定要来看卢浮宫的，但是就得让他先知道点古希腊神话与戏剧的故事，这样他就不至于把被鹰啄食的普罗米修斯当成了北京老头在驯鹰，把斯巴达克斯当作卖肉的屠夫。也要知道一点法国与美国的历史甚至文学史，方能从伏尔泰、狄德罗、加尔布雷、莫里哀、拉辛、高乃依、华盛顿等生动传神的人物雕塑里，获得形神兼备的心灵默会。

说到法国十八世纪至十九世纪初的雕塑，卢浮宫陈列的特点是"左文右史"，即左边是古希腊神话与戏剧的题材，右边是历史真人的题材。巴耶（Barye）、赫德（Rude）、安格尔（Angers）等一代大师，以古典主义、英雄主义的时代风格，传达出资产阶级成长壮大时期的精神气息。也可以说是法国作为文化"大国"自我意识的生动表现。这告诉我们一个重要信息：法国大革命之后，同时也是文艺复兴时期。所以卢浮宫深具端然清明之气象，厚重渊深之根源，是法国以及欧洲人进行精神修炼与人格养成的极佳场所。我听到有一个父亲指着一个人像问他的女儿："你知道冯特么？"在这样高敞亮堂、雍容大气的人文大殿堂里成长起来的一代青年，能不天之骄子乎？能不欧洲中心乎？

我在巴黎生活这段时间以来，一个最直观的感觉，还是法国人的欧洲认同意识、文化尊严意识，就像空气一样无处不在。甚至有一种"文化的傲慢"。最典型的就是法语。说来也气人。我刚来的时候，上网卡、免费参观卡，他们都不会主动帮你办好，都要你去问。关键是沟通不用英语，非常困难。我要买上网卡，问秘书处的一男子，他告诉我在WI FI，其结果是，我花了两天，问了无数的人，终于找到了卖网卡的地方，竟然就是他隔壁的办公室。过两天发现，原来他们已经在门上贴了关于无线上网（WI FI）的广告，内容包括在哪里、找谁、价钱等。只不过是法语的，我们看不懂。这一切，都是因为他们完全不理会英文的结果。你如果问：他们的名称还好叫"国际艺术城"吗？他们肯定会理直气壮回答你：凭什么英语就国际，法语就不国际？

巴黎这个城市也对外来的游客不是很友好的样子，不像在中国的上海、北京、台湾、香港和新加坡，到处都可见英文，甚至有些地方是英文至上，亦步亦趋，唯恐不国际化，而这里根本看不到英文，无论是最简单常用的"请进"、"出口"，还是介绍景点的路标、宣传展览的广告。是我去过的唯一一个看不到英文的城市！我还曾经上过一个大大的当，由于没有看清美术雕塑展的大广告牌上写的"pein air"（全露天）两个字，到处找展览馆的大门，结果搞笑的是，展览居然就在我眼皮底，就在我走来走去的露天里。

再以卢浮宫为例，除了有各种语言的卢浮宫地形图，以示礼貌，方便游客，而那些真正出自专家学者之手，有关展品重要信息的说明文字，才没有一个英文嘞！你想看懂，对不起，先学法文吧。这是背后何等的文化傲慢。你去多了博物馆，才知道，不仅是偏偏"与国际不接轨"，而且是骨子里瞧不起老外。那些津津有味的说明书，娓娓道来的解说辞，不给你看，背后的话是："这是我们自家的东西。"大概只有吉美博物馆，是我去过的唯一一个有中文解说录音，而且免费借听的博物馆，因为，那是专门展览亚洲文物的博物馆，都是伯希和他们盗来的，能再说是"我们自家的东西"乎？

雨果是浪漫主义作家么？

从前我们在大学学习外国文学史，记得当时考试时的标准答案是：巴尔扎克是现实主义作家，雨果是浪漫主义作家。2007年我在巴黎，参观了雨果的故居，十分兴奋地给我的一位前辈老师打电话，但是他却在电话里说他不喜欢雨果，因为雨果是一位浪漫主义作家。

我上个月在哈佛广场的旧书摊上，意外买到雨果的《九三年》英译本，T.Nelson & Sons的版本。《九三年》是我最喜欢的雨果作品。今天在网上看到一篇报道，可以证明雨果其实是一个真正深刻的现实主义作家，他的《九三年》写的是真实的历史事件，"绝对的革命之上，应有绝对的人道主义"，不是抽象的理论，而是血的教训。下面是法国国际广播电台的网站上的报道文章：

2010年7月6日

考古人员无意发现法国大革命血腥一幕
安德烈

法国考古人员最近从旺代省地下乱坟岗中挖出200多具尸体，

■ 圣母院

这只是初步的挖掘。据考证，他们死于旺代战争。在法国，揭开法国大革命时期互相残杀的伤疤是一件痛苦的事情，这并非考古人员的本意。

他们挖掘的脚下，位于勒芒市中心，距离大教堂只有几步。未来的勒芒市雅各布宾文化中心将在这里拔地而起，勒芒是高卢人重要遗址，因此在开工建设文化中心之前，必须要查清楚地底下有没有珍贵的文物，这件事就理所当然落在了法国国家考古保护研究中心（INRAP）的手上。考古人员就是在挖掘搜寻古迹的时候发现了一批乱坟，200多具尸体这样呈现在他们眼前：尸体一个压着一个，扭曲一团，透露着那场屠杀极其残忍的信息。旁边不远，有一处已经发掘的高卢罗马人遗址，但引起的好奇和兴趣远远不如乱坟坑。

就好像人们至今还害怕唤醒鬼魂，在法国，这还是第一次

■ 当年雨果的送葬场面

挖掘旺代战争的遗址。旺代战争是法国大革命时期在王党和共和军之间发生的一场殊死搏斗，雨果的著名长篇《九三年》写的就是这场战争。参加号称天主教保王军的，除少数兵士外，绝大部分是旺代地区的农民。而共和军则是正规部队。旺代战争最后以前者大规模惨遭屠杀而告终。《费加罗报》报道说，"发生在共和军战士和法国西部起义者之间的这场血战，就是广为人知的'旺代战争'，但长期以来，在法国，普遍不愿提起这件事。甚至历史教科书和'国家叙述'长期以来或者干脆抹杀这一战争，或者歪曲这场极其残酷的内战"。

勒芒之战是地地道道的大屠杀，事情的经过是这样的：1793年12月13到14日，共和军出其不意地包围了守卫在这里的"叛军"，他们一个不饶，一场屠杀就这样开始了。两万到三万名共和军战士向六万名"叛军"，其中一半以上是无力逃走的妇女、老人和儿童发起了进攻。他们躲在这里原本希望能够找到食品和得到治疗，不战而溃。共和军随即对旺代保王军的俘虏、逃兵、病残、老人、妇女和儿童展开血腥报复。仅此一役，两千到五千名旺代人遭杀害，共和军也有一百多人被打死。

"叛军"被打死后草草埋葬，尸骸上几乎没有残存的衣服。有几颗衬衣扣子，几条裤衩，几根腰带，几根拐棍和几串念珠。很显然，死者在被扔进坑前被剥得几乎一丝不挂。

已发现的九座乱坟中的六座几乎完全得到考证，其中大约有两百多具骷髅，这只是其中一部分受害者，不少被乱埋在未来的建设工地之外的遗骨不在挖掘计划之内。许多尸骸身上、脑袋上、臂膀以及下体有大刀砍杀的深痕。法国国家考古保护研究中心人类学家埃洛迪·卡博女士说，"有些尸骸显示出疯狂屠杀的暴力烙印。受害者中有不少妇女，不少年仅12到13岁的男孩。还有一个三岁的孩子。有不少人是被枪杀的"。

掘出尸骸后，考古工作者立刻意识到他们的发现带来的挑战远远超过他们应对的能力。卡博说："我们现在是踩着鸡蛋走路，如果不把我们的发现告诉大家，人家就会指责我们替共和派遮盖；如果我们通告了发现的结果，乱坟坑里尸体横陈的照片马上就上了网，各种各样意图的解释都有。"

共和军为何要采取如此斩尽杀绝的残忍而恐怖的手段？人们对法国大革命发生的这一幕至今争论不休。大革命期间发生了许多血腥的事情，而旺代战争爆发时期也正是掌权的雅各宾党人推行的大恐怖即将登峰造极的关键时刻。

让历史去评说这一切吧。对于卡博这位年轻而雄心勃勃的考古学家来说，她有另外的事情要做。由她发起的这项考古项目，法国最好的古人类学实验室也已答应参与研究。卡博说，能够一下子发现如此同质、如此众多人群的遗骨，包括女性、男性，还有儿童，这是非常珍贵的。对尸骸DNA的研究可以清晰地勾勒出法国19世纪或者20世纪初西部乡村人口的卫生状况，还可以对当时生活在Maine et Loire的居民与现在生活在同一地区的居民的人类遗传图谱进行比较研究。预期研究结果两年后就会出来。

汉学图书馆

做文史研究的人，到巴黎必去的两个图书馆，一个是密特朗图书馆，即国家图书馆，一个是法兰西学院汉学研究所图书馆。前者坐落于塞纳—马恩省河畔，深宅广厦，我只去过一次便不愿再去，因为借书太麻烦，而且不

■ 密特朗图书馆

许拍照。后者在勒穆纳大主教街，里面还有一个安静的小院子，我去过十几次，一去就是大半天，因为可以随便自由翻拍各种古籍文献，所见即所得。于是我根据一本馆藏善本书目录，在那里拍了几十种国内见不到的古籍。在欧洲第一流的汉学图书馆查找数据的方便，使我想不通，为何在我们这里，作为全民文化资产的古籍，国民不能自由使用，而化而为部门利益的收入来源。

我中午休息的时候，常常到小院子里散步，看那里的雕像。想象这座图书馆的过去。

法兰西汉学研究所的前身，是与北京的中法大学、里昂的法中大学齐名的巴黎中国学院。这三所大学代表了二十世纪中法文化交流最深度的成就。北京的中法大学四九年后，并入北大和南开，成为有关法国研究的中国人才基地。而这个巴黎中国学院，是法国第一所专门研究中国文化的学院，当初，还是来自于当时北洋政府的官员叶恭绰的倡议。叶氏任交通总局代总长时，1919年赴欧美考察政治经济交通。在巴黎期间，他除考察政治和经济之外，与法国学者伯希和（Pellliot）、勒卢瓦(Laloy)等交相往还。当时，欧洲的知识界由于受欧战的打击，弥漫着一种西方文化衰落的悲观主义思潮，而游历欧洲的梁启超，也写过《欧游心影录》，重新认识东方文明的价值。受此影响，叶恭绰也产生了向西方传播中国文明的想法，他向一些法方人士建议在巴黎大学设中国学术讲座，创办中国学院，并以此为中心，逐渐在欧美各大学推设相同学院，以达到向国外弘扬中国文明的目的。想不到叶氏的这一设想，要过了一百年，到二十一世纪的中国孔子学院，才多少成为现实。

五四运动已经发生，新文化如火如荼。叶恭绰之所以热心向国外宣扬中国文明，其实也有意响应当时国内文化思想的激进倾向，他在写给班乐卫（Painlevé，著名数学家，巴黎中国学院的第一任院长）的一封信中，一针见血地指出，当时是歧路中国，人们不知走社会主义还是走资本主义，可能两方面都不好。他说："吾国知识阶级今日思想所趋，极呈乱象，盖社会主义与物质文明之二者所含病毒寝已中之矣。故构成一种健全调和之新思潮以矫青年思想之枉而导之于正，洵要图也。此新思潮者，仆意以为应以东西两方道德与哲学之精神为要素而参之以艺术上与经济上之卓识，庶克构成之，是则不惟足供吾国之急需，而于东西文化固有之缺陷亦足补偏救弊，辟一新途，欧美诸邦殆同需之焉。"（《叶遐庵先生年谱》，第74页）

今天叶氏所代表的近代人物，无疑怀抱一种天真的文化救国论或文化救世论。文化的构想永远不敌政治与军事的暴力。我们读近代史，最感慨的，就是在这种暴力剧烈作用的影响下，历史只能走两端，要么社会主义，要么资本主义，中间的路完全是断的。而当时一些遗民知识人，如沈曾植、王国维、陈三立、严复、叶恭绰等，以及后来的杜亚泉、吴宓、梅光迪、陈寅恪等，正是"中间中国"的代表，但是他们的声音却很快被历史的大潮所淹没。

那么，如果不是处于一种政治与军事的强大暴力作用下，文化的方案是不是可以参与历史，成为第三种力？在一个平和稳定的社会进程中，文化的作用不一定是动力，但是不是可以发挥影响、激发想象、重塑社会、规划远景？答案应该是肯定的。于是，保持一个平和理性的社会，就非常重要了。

1968年，巴黎中国学院改归法兰西学院直辖。在此前，它都不以教学为主，甚至长期没有属于学院自己的教室。但是在伯希和、葛兰言、戴密微、马伯乐等几个重要汉学家的主持下，出版了关于中国物质文明与科技史方面的研究系列与汉学研究集刊，常年举办讲座与讨论会，以及收集大量有关中国的图书与文献，培养了不少研究人才，成为世界汉学的重镇。

中国学院正式开学时，葛兰言曾有热情洋溢的致词，提到中法两国都是有着悠久文明的国家，巴黎中国学院即是辛亥革命以来中法两国友谊的产物，更重要的是，提到巴黎中国学院的目的，"是

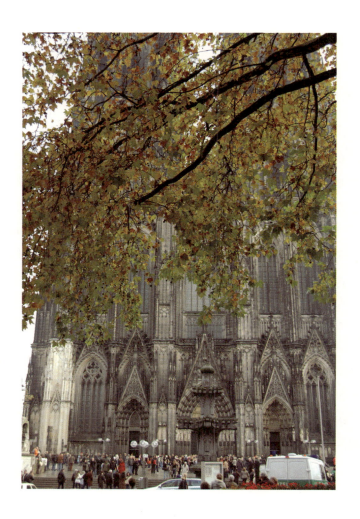

为了共同复兴中国文化，充实中国人文主义，同时反过来充实欧洲人文主义"，强调"学院的首要任务是要让人们了解中国和中国人。但这是一项艰巨的任务，因为中国就是一个世界，它拥有世界上最悠久的历史。为了认识中国的过去和现在，利用中国历史所包含的丰富的人类经验"。

我们今天读葛兰言的致词，还是佩服其卓识。他在新文化高潮的时期，一点都没有五四新文化反传统的戾气，而复兴中国文化的前提，是"充实中国人文主义"，无疑是对传统中国的肯定。"反过来充实欧洲人文主义"，是中西文化的平等观，丝毫没有欧洲中心论思想。我在欧洲访问期间，所接触到的新一代汉学家，大多数都继承了他们的前辈对中国文化的态度，抱持一份温情，他们似有一个基本的共识，是将现实中国与文化中国区分开来，现实中国是一，传统中国是多；现实中国是可变、潜能，传统中国是变化的愿景与潜能的动力；传统中国是理想，现实中国是现象。传统中国拥有世界上最悠久的历史，包含着极为丰富的人类经验，因而具有多元解读的可能性。譬如：温柔敦厚的君子中国、礼乐教化的人文中国、天地君亲师的信仰中国、天人合一的绿色生态中国，等等，都可能成为今天现实中国的他者，或西方文明的他者。从这个意义上说，欧洲汉学在今天的意义，也是一个镜像，用来观照我们自己的文明图景，校正我们的误差与迷失。

法国学者中的双面剑客

　　今年三月十六日，全法的第二家"孔子学院"（第一家在法国西部城市普瓦杰）在塞纳河左岸的巴黎第七大学正式挂牌成立。这间大学各种有关中国的讲座和文化活动纷纷出炉，热闹非凡。而身为七大教授、汉学家、法国新生代思想者的弗朗索瓦·于连，也在前不久出版了一本谈论中国的新书《未来之路——了解中国，重建哲学》。

　　我在巴黎七大的书店里，看见有关中国的书有一个专柜，然而令人惊奇的是，几乎整个专柜，都是陈列于连的各种著作，他算是法国汉学界近年来最有表现力的一个学者。我问陈庆浩教授，陈先生教过他，认为他不能代表法国汉学的水平，说他在汉学家眼里看来，只是个哲学家。但在哲学家眼里看来，只是个汉学家。两边都不买他的账，然而这一特殊的身份也正是他的位置。

　　弗朗索瓦·于连1951年出生，毕业于巴黎高师，上世纪七十年代留学香港，后来在日本教书，翻译过《中庸》和鲁迅的书，评注过《墨子》与《易经》。国内三联书店与商务印书馆都曾翻译过他的著作（《迂回与进入》1998、《圣人无意》2004），以及对话集《经由中国：从外部反思欧洲》（2000），他强调实践一种用中国传统的思想来迂回地改造西方哲学的方法，也就是说要跳出西方哲学的壁垒，站在东方人的角度上来重新审视西方哲学。

弗朗索瓦·于连在法国汉学界真的是一反叛的异种。我在前文里说葛兰言他们那一辈汉学家，矻矻以求，是为了客观了解丰富博大悠久的中国历史文化，而于连的目标，却在于利用中国文化，回到西方，改造古希腊以来的西方哲学传统。老一辈汉学家解读中国，是为了借助于西方的概念思想，"充实中国人文主义"，然而于连的前提，却根本要抛开西方的概念思想，直接承受中国思想的原生态丰富性与差异性，以中国为工具。

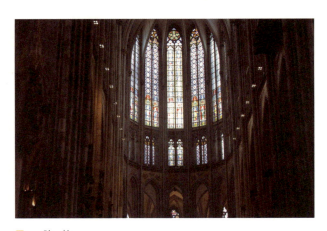

■　一弦一柱

于连的做法，在中国学术界也是革命性的。因为，在他看来（也是近十年中国学术界的某种共识），二十世纪的中国思想，太多地借用西方的概念思想系统，来解读中国固有的文明。正如陈寅恪批评胡适与冯友兰，越是解读得成系统，离中国思想文化的真相越远。从王国维、胡适、冯友兰、郭沫若、牟宗三、唐君毅，甚至钱钟书以还，都有这个问题。

所以，我的老师王元化教授与钱钟书先生的弟子张隆溪通信，指名道姓地批评于连，不同意于连所说的中国古代的想象理论很晚，《文心雕龙》里的"神思"不是西方美学意义上的"想象"（Image）——认为，这还是以西方为坐标，似乎只有西方式的想象，才算是想象。

但是我的老师可能有一点误解：于连确实是从外部、从西方的标准来看中国，与黑格尔等人的"看"一样，但是，黑格尔最终导致对中国思想的很低的评价，而于连却用西方的尺子量过中国的身体之后，怀疑西方的尺子根本就有问题。甚至想用中国的身体来重新打造一把新的尺子，以代替现有的西方尺子。这就不是"以西方的标准来衡量中国文化"那样简单了。因为，他最终破坏了西方标准。譬如，中国虽然没有西方哲学中"存在"这把有关人的生命意义的尺子，但中国士阶层并不缺乏真正意义上的特立独行之士以及自成一个世界的知识人格；中国虽然没有西方那样的上帝，可中国也没有那样沉重的罪与罚与解脱，但中国人有"天"的观念来调解世界的关系；中国虽然没有西方"自由"概念，尤其是这个概念的形而上学意义与政治地位，然而中国毕竟有自己的自由概念。

于连在《经由中国——从外部反思欧洲》一书中，从政治、社会、宗教、教育以及文学艺术等诸方面，全面反思欧洲与中国的差异。他非常强调"差异"这个概念，认为正是汉学家和比较文化学者们，将中国思想以及世界文化弄得"干燥乏味"，因为整个世界再也没有什么区别与神秘，全部都是一样的分类、一样的结构、一样的内容。他们的"诀窍"即用西方的概念思想系统来解读所有的非西方文明。

我们可以理解并欣赏于连的用心：在西方文化强势作用下，世界文明趋于同质化的忧虑；西方文化本身缺乏完全不同出身的文明系统加以制衡、校正；西方中心论的话语权无所不在；以及开发非西方文明资源的利用价值等。于连其实骨子里继承的是西方汉学的精神，即：将文化中国与现实中国作适当的区分，以文化中国作反观现实世界的理念。

然而于连的问题是，从汉学的内部原则看，抽离历史与时空之后的中国思想，难免简单、失真、建构，因而不一定经得起时间的淘洗；将学术研究化而为一种"文学"，即想象与情感的成分大于客观求真求实的成分，就有将思想建立在沙滩上、化思想为"戏论"的危险。

其次，从文化思想意义上说，于连的思想方法，可以满足于中国研究中的一种民族主义情绪，然而并不有利于现实中国进一步学习西方、了解西方，以继续促进中国当代文化社会的进步。因为，在于连的前提看来，中国已经很好了，学西方反而是一件坏事。

第三，具体到学术领域，其实于连的思路也过于绝对化。因为尊重中国固有的学术与学习并引进西学的方法，可以并行不悖。只要目标都有挖掘中国思想的丰富性与深度，犹如采矿，如果有好的方法，比方说采矿的探照灯，何乐而不为？于连在《经由中国——从外部反思欧洲》一书中，对刘若愚与钱钟书都有批评，认为前者将中国古代丰富的批评资源枯燥化而为简单的西方理论，而后者只是从文本到文本的联想、串联，只能导致"相加的综合"、形式化的"自由衔接"以及"毫无建构"的"人文主义"。这样的批评其实只是徒逞一种哲学的傲慢，必然激起讲究严谨、科学与求真的法

■ 于连的方法并未确立中国文明的一种主体身份，而在某种程度上是一种对中国思想的异化

国正宗汉学传统的反对。

眼下就有一个证据。去年有一本叫《反弗朗索瓦·于连》的新书，书名相当火爆，一时洛阳纸贵，在汉学界一石激起千层浪。作者毕来德，是瑞士日内瓦大学的中文教授、汉学家、《庄子》的权威法译和评注者，曾为明朝的思想家李贽作传，精通中国书法，也写过一本名为《中国书法艺术》的巨著。关于这段学界公案，巴黎媒体的评论说：

> 在毕来德看来，于连的方法并未确立中国文明的一种主体身份，而在某种程度上是一种对中国思想的异化；不是改造西方哲学，而是在异化中国思想，或者说，是为了给西方哲学注入新的活力而硬从东方寻找出路。汉学界应更多地译介、评注经典著作，而不是急功近利地用中国思想去解决西方的问题。如他所说："我们应更多地谈论我们所看到的东西，而不是我们所希望的东西。"沉默了数月之后，弗朗索瓦·于连终于带着他的新书《未来之路——了解中国，重建哲学》开始了他的反击。而此书的出版，他更是选择了法国瑟耶（Seuil）出版社著名的"反驳×××"丛书，可见同样来势凶猛，火药味十足。这无疑也秉承了法国大哲学家米歇尔·福柯的精神，"有些批评我们需要回答，而有些批评我们则要反驳"（《说与写》I）。在书中，于连重申了他的方法，他所做的只是提供一些中国式认知事物的观念，在一种从中国出发的反诘中，重新运转濒临危机的西方哲学。正是得益于这次反驳，他有机会将自己的观念清晰地呈现出来。从此书中我们可以看出，弗朗索瓦·于连并不仅仅以一个汉学家的身份，而更多的是以一个西方哲人的角

度来看待中国，看待汉学。

你谈论西方哲学与思想时，他拿出他汉学家的成果，你无资格反驳；然而你批评他不真实不客观时，他却亮出哲学身份，无须求实。弗朗索瓦·于连不仅游走于现代与传统、中国与西方，而且游走于汉学与哲学，确是剑法如蛇，身段轻灵的双面剑客！他为巴黎的学坛，无疑增加了看点。

■ 凡尔赛宫的花园里   ■ 巴黎先贤寺

与H教授谈现代性

昨天是国庆节。玲的短信要我休息，我到汉学图书馆，复制了九百多页的数码古籍资料。

今天巴黎《十字架报》的世界版，报道昨天北京天安门广场十一国庆清晨升国旗的万人观看的状况。记者细致描写了当时的场面，升旗仪式在清晨五点半钟准时进行。天刚蒙蒙亮，天安门广场上已经人山人海，有大人有小孩，男男女女，甚至有坐着轮椅来看升旗的。他们在夜里三四点钟就向天安门广场进发。很多人来自外地，他们有的是工人或农民，显然他们是第一次来北京。其实十一国庆节这天的升旗仪式，只不过比平时更隆重一些，但是对于很多中国人来说，这里有很庄严的情感。我在大陆时并不对此类消息有什么感觉，反而在海外有真切的感受，可以体会到中国人的国家认同，民族认同，越来越强了。尽管中国还有这样那样的缺点，但毕竟在成长进步。西方传媒能突出地、细致地报道这一场景，选取它作为十一国庆的一个画龙点睛的典型，不也表明了西方主流意识形态，也正在越来越多地认同中国么？

昨晚H教授来，他是法国毕业的博士，现在回巴黎来访学。其人热情奔放、文不加点，一进门就大谈自己最近完成的"反进步论"、多少年前就完成的"民主是个乌托邦论"，以及"文化民族主义"，反美帝国主义。这些都是当代左派思想最流行的时尚。H教授手之舞之，神采飞扬，与书斋型学者全然不同，完全自说自话。H教授近年来在中国艺术理论界，发展出一套"艺术阴谋论"，大概意思即认为整个中国当代艺术，都是只有商品的价值，而没有美学的价值，而商品的价值基本是整个西方资本世界话语操弄的结果。一晚上听下来，或许在艺术领域内，他偶有所见，然只要讲到政治领域，亦多有"且待老夫伸伸脚"的感觉。

譬如，他说中国已经有自己关于统治的一整套方法与学问，不需要学习西方的那些民主自由的东西。他举出的统治方法，则只是水能载舟亦能覆舟，君视臣若土芥臣视君若寇仇，这样的话头并不是不对，而是没有回应自由主义的批评。自由主义最主要的批评是政府权力应该受到监督与限制。也没有回应中国的现实问题，即金钱与市场联手，进入一个没有法治的社会。如果连"民主"这样的价值，也不认为是普世的，而只是布什的阴谋，那就不能不说是虚无主义了。

"敌人思维"、"国际阶级斗争"，是左派最基本的思维模式。譬如，他说最近一段时间缅甸军政府对和尚的镇压，是和尚不对，是美国挑起的矛盾，说美国因为为了扼制中国，所以在缅甸挑起事端。说昂山是个英国人教育出来的西化派，是西方人的工具，根本上是美国对华战略的一部分。又说为什么美国讲人权，不支持巴勒斯坦？世界上比萨达姆更坏的坏蛋多的是，为什么专门要打老萨？布什政府的一切，都是从自己的战略利益出发的。

他那样反美，我问他，默克尔对人权问题的批评，又如何说？他说什么人权，完全是借口。那么为什么要有借口呢，默克尔要这个借口做什么呢，他回答不出来。我说不是借口，而是默克尔曾经在东德生活过的存在感受。我告诉他，左派基本上是只讲利害，不讲是非，不承认是非，要把所有的是非问题，全部都变成利害问题。在他的眼睛里，一切都有只有"利害"，而没有"是非"。我的基本观点，是要承认"利害"，但是也不能否定"是非"。如果没有是非，人类就没有底线，就没有过去（因为历史也就虚无了，希特勒也有他的"利害"可以讲的），也没有未来（未来就不过是权力争斗而已），这样，人类也就没有希望了。要将现实政治，与西方文明的基本价值，作一区分。现实政治是柏拉图所谓多，而西方文明的基本价值，是柏拉图之所谓一。

也忘记了从什么话题上，又谈到什么是"现代性"，他说现代性就是人成为神，人取代了神。我说这只是现代性中的一个侧面，即主体性的张大。但是还有另一个侧面，现代社会也发现了人是有限的，人是有缺限的，会犯错误的，所以有法律，有秩序，人必须生活在社会之中。人是可以犯错误的动物，这是自由主义政治哲学的一个基本的预设，所以他们更多地相信制度才能制衡官员，而不是依赖于人性的修养。现代性讲人的自由，人的解放，同时也强调人的平等，人与人之间的尊重、宽容与理解，这也构成现代性本身的一种悖论或调适。现代性讲价值理性优于工具理性，同时也看到不同的合理性之间的冲突，因而讲价值分立，价值分立也是一种现代性。现代性对民主其实也有清醒的认识，托克维尔说民主既不是那么好，也不是那么坏。总之，现代性也是有张力的。我与他看待现代性的角度不一样。他是完全以现代性为敌人的，而我却没有这样绝对与简单，在现代性中又看到可以自我更新与复苏的力量。

头脑简单的人，往往说得很有热情，很有气势，而头脑复杂一点，则又表达得不够耸动人心。我属于后一类。但是我绝不为了追求耸动人心，而让自己变得头脑简单。因为这样就无可救药地成了真正的人类退化论了。

路易瓷盘里的消息

今天去马亥区的卡纳瓦雷博物馆（Musee Carnavalet）。有关于巴黎与法国的历史，从十六世纪到二十世纪发展的社会生活细节与重大历史事件的文物、绘画与各种陈列品。内容丰富，值得多看。

借助于"法语王"，我从中认出了卢梭、伏尔泰等名人的雕像与照片，重温了各个时期的一些大事。尤其是一组油画，有关路易十六上断头台，他的家人如何宛转哀伤的场面，令人震动。画家分明对皇帝之死，倾注了浓厚的同情。

由于对工艺品比较感兴趣，我就注意到一组瓷盘，白底花边绘图瓷盘。有几件上面有年代，但大多没有。没有年代的，看风格，分明是同一时期，甚至出自同一作者之手。是那几个年代引起了我的敏感，不然我就不会有耐心看下去。年代是：1791，1792。

这正是法国大革命的非常时期，国民公会正在制定一些法规，正在争论着如何推出一些宪法与制度，而那边以雅各布宾派为首的激进分子，正煽动着革命群众走向广场，贵族们正在逃亡，比较温和的吉伦特派，正在作为反革命分子，一批批地走向断头台。整个法国革命，其实正在走向极端，走向自己的反面，一种由自身的逻辑、自身的嗜血而引发的血性，走向无法控制的暴政。用雨果的话来说，正在走向人道主义的灾难。

2005年，北京人艺的一个青年团队，到上海来演出《九三年》，只演了一场，我去看了，还写了评论，刊在《文汇报》的笔会版。

那么，这两个特殊年代里，留下的文物，有没有传递着一些历史风暴中的消息？一些简单的铭文，一些图案，引发了我的"解读癖"。下面是随机编号排列的画盘内容描述：

1、盘，画一布道的神父，站在台子上，对下面坐着的妇女和孩子说：我向你们宣告：你们法国人是幸福的。无年代。

2、盘，画一短裤农夫，扛十字架、长剑，手提一铁锹，背朝观众，往家里走。铭文：我要生长。1791。

3、盘，画一短裤农夫，正打算将一权柄、一长剑，埋掉。铭文：我要生长。1791。

4、盘，画一笼子，上面有一只大鸟，笼中有一只小鸟。门开着。有一狗在边上。铭文：我要自由。1791。

5、盘，画一公鸡，张嘴站在一门大炮上。铭文：我为国家站岗。

6、盘，画一皇冠，中有皇家的徽章。无铭文、无年代。

7、双耳罐，画一束被蓝丝带扎起来的剑、刀与盾。铭文：我们要重新团结起来。1791—92。

8、盘，画一束被蓝丝带扎起来的剑、铁锹、十字架、权柄。铭文：重新团结起来。1791。

9、盘，画旗帜。铭文：法律至上。

10、花瓶，画一皇冠，下面三个人，中间为王室，两边是农夫、贵族。铭文：我们是一个国家。1791。

11、奖杯，上画有橄榄枝，三瓣蓝色花，金勋带。铭文：团结就是力量。无年代。

12、奖杯，蓝丝带束起权柄、鹅毛扇、铁锹、贵族勋带、不知名的小旗、剑等。无铭文、无年代。

13、盘，画一明镜，饰以橄榄枝、蓝丝带。镜中铭文：要国家、要法律、要国王。无年代。

14、盘，画皇冠、明镜（或鼓），饰以双旗、双喇叭、文书等。铭文：要国王。

图案与文字并不复杂，但是有几个疑问。第一，为什么既要自由，又要国王？第二，为什么既要把贵族的剑收掉，又要说与贵族共有一个国家？第三，既然是在大革命中，为什么那么强调团结、强调法律？

我的回答是，以上复杂、变化、纠缠的心态，其实正是从1790到1792年这两三年激烈动荡不安的时期所有的国民心态，尽管我们要确定具体的年代，以及排列出先后次序，并不容易，但是能解读的，是分析出其中所包含心态的不同层次。首先可以将上面的文物，分成三个部分：

一是表达革命前的旧时代旧制度的心态。编号1、编号6、编号14等，大致属于此类。

一是表达革命高潮时的思想与情绪。编号2与编号3，表达的是革命的平等思想。农夫是革命阶级，十字架、权柄与剑代表僧侣、皇室与贵族，农夫要破坏既有的秩序，"我要生长"，就是我要平等地得到生长发展的机会与条件。这是革命的基本诉求，是1791年革命正在扩大成果、正在推翻旧制度时的群众情绪。编号4、编号5，大致是此类。

一是革命趋于激进，甚至滑向恐怖时代，血腥的杀戮开始，表达了社会上分明有一种担心忧虑。如编号7、8反复出现的图案与铭文，正是体现了吉伦特派人的温和思想与情绪。这样的理智、冷静、成熟，两百多年后，令人惊叹。编号10，居然与贵族联合，编号14居然要国王，这都是雅各布宾党人咬牙切齿的事情。当然，后来贵族纷纷逃离，九三年的恐怖，事态发展已经远远超出这里所能想象的。

同住的仇先生提了两个很好的问题：法国人生活这么悠闲、浪漫，天天泡在咖啡店里吃呀喝呀，居然还出来了这么多思想家艺术家作家，是不是都是咖啡泡出来的？

我说，正是两百年前血流过太多，法国人比其他人都更珍视个人的自由、和平的人性，所以，他们今天以世界上罕有的咖啡文明，向世人展现他们热爱和平、崇尚个人的心态。这是经过血的代价而得到的结论。

断头台呢，我怎么在博物馆里没有能看到断头台？

我说，断头台是法国人历史与文明史上的一大国耻，他们不愿意以这样血淋淋的东西给世人看。他们是欧洲文明之子，愿意给大家多看卢浮宫。

向菲亚克提问题

　　菲亚克艺术展。这两天卢浮宫和大皇宫的门口，都悬着白色的大气球，上面写着"FIAC"几个字母。这是第34届国际现代艺术博览会（FOIRE INTERNATIONALE D'ART CONTEMPORAIN）的缩写。在

■ 秋季沙龙

巴黎市中心的大皇宫和卢浮宫方形广场举行，广告是一个被捆着横提到天空的自由女神像。有来自二十三个国家的一百多家画廊参展，其中包括中国上海的一家叫香格纳（Shanghart）在内。毫无疑问FIAC是代表当今世界最高水平之一的艺术博览会，与威尼斯双年展齐名，后者偏于学术性，前者则更具商业性。立足于国际市场，吸引各国画商，如果要知道世界上哪些画家的作品最高卖到什么价钱，什么画廊最火，以及哪些艺术风格最时尚最流行，那就要看FIAC。不夸张地说，FIAC正是艺术界的纳斯达克指数牌。

我在上海很少看这类展览，这回是抱着看热闹的心态，看了卢浮宫里的那一个。卢浮宫的方形广场里搭起了大帐篷，中间是可以吃小吃的地方，四围是一个个的画廊。总的感觉艺术家非常自由，没有任何限制，仿佛大人在做游戏，玩聪明，极尽形式探索的意趣，确实有新意，有创造性，也有一些思考与关怀。但是有浓度、深度的作品却不多见，尤其是技术含量浅薄之作不少。

多媒体作品中，有一件是"马在雨中"，夜里，雨不停下着，只听到持续的雨声，马很快意地淋着，偶然动一下头，雨水浇在它光滑的身体上，如黑色绸缎一般闪闪发光。画面中有一种很抒情的初夏的意味，"笙歌散尽游人去，始觉春空"，等待了很久的雨终于来了，丰沛而愉悦的感受，透彻、绵长地在时间里简单持续着。

另一件是湖中，有一个小岛，岛上有一只小鸟，多媒体摄影作品，鸟声不绝，仿佛从很平静、空旷的湖面传来。"山静似万古，日长如小年"，每一个观众看这个作品，都会觉得与周围的生活明显有一种对比与反差。

有一个多媒体作品是一个卡通女子在吻一个卡通男人裸体，很慢的动作，无任何表情。渐渐地男人身体变小，又变老、变大，如此循环。大概意思是讲阴性的崇拜。现代艺术的一个特点是"去抒情化"，但是现代艺术并不是不要抒情，而是将抒情含在形式的创意之中。有时甚至是含在"反抒情"之中。这一点与古典艺术很不一样。但是它的旁边的，像戏剧一样四幅剧照的作品，一些怪模怪样的男女，就不好理解了。

有一件多媒体的作品犹如海底世界的各种动物植物，极富幻美，我记得有一次红嘴唇变成了一片枯叶，那么突然，没有商量的余地。

性与政治还是基本的两大主题。有一幅摄影是一女生殖器的特写，那里边上又有一只大象的纹身。有一幅漫画，干脆直白地画一只长长的匙子，装满了糖，从女人的生殖器里伸出来，然后喂到男人的嘴里。有一幅组画是以女性生殖器的多种变形构成。或是恶魔，或是蝙蝠，或是山洞，或老太婆脸的小孩，或是山羊肚，或是埃菲尔铁塔，或是导弹等。形式花样太多了，令人觉得作者的玩世不恭。

另一幅组摄影有十多幅图片，每幅都有两名或多名裸体男女，带着面具嬉戏或做爱。面具分别是布什、普京、赖斯、希拉克、列宁、斯大林、托洛斯基、毛泽东、达赖、释迦牟尼等。题目叫《面具秀》。有强烈的政治讽刺意味和国际政治批判性，如达赖与释迦牟尼做爱等。这种作品就是难度太小，无论是主题，还是制作，都简单。完全没有将艺术看成一种"技艺"，而是当成了一种"点子"的比赛，艺术再也没有永恒的庄严意味，而只是灵光闪念的一时冲动。

有的作品的寓意非常明显，形式也没有什么创意。如一幅漫画，画一只小如甲虫的小车，其他什么都没有，旁写道："只有最后一辆出租车了。"还有一件装置，四头大乌鸦，中间有一发动机，每五分钟发动一次，扑打着翅膀，发出凄厉的叫声。提醒着人们周围有死亡的气息。可以说只是一件大玩具。但是买家的头脑有时就是这样低智的。

有一件更低智的作品，是将包装箱的厚纸碎片，煞有介事地挂在墙上，以示"诸行无常"、"众生平等"。这种东西，其实已经完全没有创意了。

有一种拼贴画给我印象较深。一幅很高很大的画，里面一个小女孩，穿一件比例反差极大的服装，那服装是由当今流行的卡通、游戏机、电子产品、时尚元素、名牌等等组成的，表明"神"的空洞化与"形"的夸张化，大概画家认为这是当今问题青年的一种写照。那幅画的前面再配上一大盆假花，表明他们的世界是如何虚荣。

上海的那个画廊，有一个多媒体是表现一人光着脚在铁丝里，鲜血直流。分明是政治性的寓意。另一幅画江南水乡的荷花里，一只船上有一男一女，女的只有胸衣，二目无光，男的则抱着一只玩具熊猫。这种以中国文化元素来作荆轲刺秦式的讽谕之作，完全是五四式的陈旧艺术观。

但是另一幅中国摄影作品我较能欣赏：一个男子端坐在山头的石头上，可以感觉到他的后面即是深渊。然而正方形的磁砖已经铺到他的跟前了。更讽刺的是，那磁砖上竟然是天光云影。这是对于以假为真的时代风尚，所表示的最含蓄而有力量的批判。这种作品有一种内在的精气神。

看完展览，我脑子里的问题越来越多。譬如：

性与政治，究竟何种程度上是艺术，何种程度上只是艺术之外的东西？

当代艺术家的创作自由，究竟有没有塞纳河边的鸽子的自由那么多？

当代艺术与古典艺术，究竟是不是已经打成两截了？

艺术还有没有统一的标准？如何看待画廊与投资人对艺术的控制？如何看待艺术品的金融工具化现象？

艺术作品的技术含量还是不是重要的指标？

艺术家的创作真诚，在保证艺术作品的成功上，还算不算是一个必备的条件？

艺术家的形式探索，最终要走向哪里？

当代中国艺术家要不要介入政治生活，其艺术性地介入有什么规律？

当代中国艺术有没有所谓西方阴谋论？

当代中国如何既有本民族的语言，又参与国际艺术的语言？

符号的巴黎

　　我从新加坡乘坐法航到巴黎，到戴高乐机场一下子就迷失了。从网上订好的华人出租车司机，打了好久的电话，才找到我所在的楼层。这还不要说我的行李箱在新加坡机场排队时被保安莫名其妙打开检查，以及我的手机竟然遗忘在安检处，然后在飞机起飞前五分钟，由一名高大的空姐领我下来重新取回手机。到巴黎国际艺术城下榻之后，为了上网的事情，我又买错了卡，找错了人，原因是他们完全不说英语，也不提供翻译，呵呵，还是"国际"艺术城！最后从网上找到了华师大的两名留法博士生，帮我解决了无线上网的问题。

　　一来就遇到奇怪的事情，噢，这就是巴黎。

　　国际艺术城的电梯还停留在中国改革开放初期，是那种停一下动一下都要"咣当"一声，猛然抖动一下的那种。夜晚，那"咣当——"声音总是回荡在空空的走廊里。走廊也很怪，外面来的人，永远找不到1534，因为走廊口，永远都是17××，你如果看见17××，就会自认为多上了两层，结果你往下去两层，却只能找到151×，走遍走廊，而无论如何也找不到1534，错了多次，我终于发现了1534原来隐藏在17××开头的那个走廊的里面。1534的"3"，是楼层的意思。也就是说，我一开头并没有错，是被他们的编号弄迷糊了。法国的编号不知是什么规律。在寂无人声的走廊里找不到房间，是一种鬼打墙的感觉。

一开始乘地铁，错误百出，苦头甚多。巴黎地铁的结构，不像上海，上海中转只有上下两层，进口相当单纯，顶多有两种选择，不会太错，然而这里有很多走道，每一个走道中，只有一路车，进去前，第一是要看清楚不同的颜色，颜色代表线路，极为重要。第二是要看清打圈的数字，数字代表车次，没有你的车次就不要进去。第三是看清车次后面跟着的站名，站名代表方向，因为很可能是同一次车，却方向相反。第四要弄清"次票"与"天票"的区分与用途，越远的目的地，越适合用"次票"。巴黎的地铁，完全可以用迷宫里的智力游戏来形容。我第一次乘坐地铁，竟然离开的时候没有记住自己的地铁站名，以至回来时不知从哪里出站。彻底迷失的感觉，连塞纳河在哪里都不知道。

巴黎无疑是世界上最迷魅、最说不清楚的东西之一。我在地铁里的时候，只见每到一个站，即有两个人名混合而成的站名，有很多是我不甚知晓的，有些是我多少知道，却又完全不知为何混搭在一起的，譬如：富兰克林·罗斯福地铁站、马克思·多尔莫耶地铁站、黎塞留·德鲁奥地铁站。有人说，巴黎的地铁站名，是一首诗。也许。因为诗是可以陌生化的。

然而我看多了，觉得巴黎的地铁，恰是"巴黎"的象征，一个个法国历史上著名的事件、人物的名字眼前掠过，除了黑洞洞的地铁口，千篇一律的广告，却并不指向地面上的景观与古迹，它犹如一大符号，只有空空的能指，却刺激着游人心思与情绪的移入。

"巴黎"正是一大能指，丰富多样而变化无穷的符码，却又空空的能指，古往今来，诱引着无数朝拜者，在其中讲述自己的人生故事，建构自己的生命需求。

■ 巴黎无疑是世界上最迷魅、最说不清楚的东西之一

我所看到的有关"巴黎"的解读，可以大致分为几类：

一是"革命"：

科林·琼斯《巴黎城市史》认为："巴黎既是革命的发动机，又是最突出的革命的圣地。在某种意义上来说，巴黎和革命是同义词。"雨果在《悲惨世界》里断言："1789年以来各国人民的每个英雄人物也都是由它的思想家和它的诗人的灵魂陶冶出来的。"

二是"文明"。文明多半是革命的反面。

"巴黎是这个世界的头脑。"歌德。

"巴黎是文明的核心。"雨果。

"巴黎自由、快乐和幸福的生活使我感觉就像自己家里一样。"马修·阿诺德。

"文明"不一定是"革命"的成果，甚至可以是传统的结晶。引领文明的崇高意义与影响革命的意义是不同的。

"一个人可能在死前从没有到过巴黎，但他一定会觉得在梦中和想象中见过巴黎。"康斯坦丁·波索夫斯基。这是赞美巴黎代表人类的理想。美妙人生的所在。

"中世纪的旅行者，当他们第一次接近巴黎时，许多人感到就像到了耶路撒冷或巴比伦，还有人感觉就像到了索多玛和哥摩拉（《圣经》里的圣城）。"（《巴黎城市史》）这是表彰巴黎具有文明的核心意义。

"我感觉好像尝到了乌托邦里的果实，既柔软又光亮，既内容丰富又鲜艳夺目。"阿娜伊思·尼恩。

"巴黎是一个伟大的奇迹，一个惊人的运动、机器和思想集合体。"巴尔扎克。

"革命"指向新生，"文明"指向传统，而与"革命"与"文明"都不同的是"现代"。有人挖掘巴黎身上的审美现代性。如波德莱尔因为怀旧，而看不起现代的巴黎：他的名言："呵，老巴黎已经不复存在，它的变化比人心的变化还要快。"马克思主义文论家瓦尔特·本雅明，更透过波德莱尔的忧郁，发展出一套独特的美学论述，认为真正革命意义的巴黎，正是波德莱尔笔下无所事事的闲

■ 一个人可能在死前从没有到过巴黎，但他一定会觉得在梦中和想象中见过巴黎

■ 呵，老巴黎已经不复存在，它的变化比人心的变化还要快

140

逛人。

然而"巴黎"也是文明的反面，即毁坏文明的黑暗所在。

卢梭："像巴黎这样的城市，与其说是文明的灯塔，不如说是人间地狱，不满和不幸由此而生。"他还激烈地说道：

"巴黎，你这著名的城市，你这热热闹闹、乌烟瘴气的城市，你这妇女不顾体面、男子不惜美德的恶名远近皆知的城市，再见了。巴黎，再见！我们现在要寻找爱情、幸福和天真，我们离你越远就越好。"（《爱弥尔》第四卷）

巴黎的革命，更是人类的灾难：

"巴黎既是作为文明与启蒙观念的源泉，又成为民众暴力、血腥屠杀和政治恐怖之都。"（《巴黎城市史》）

因而，更多的是第三种，即认识"巴黎"的复杂性。

"依中世纪的观念，巴黎是'智慧'；依文艺复兴的观念，巴黎是'新罗马'；依启蒙运动和大革命，巴黎是'文明的引领'。"（《巴黎城市史》）这是从不同的历史时期看巴黎符号的意义。

"巴黎是一个世界。"罗马帝国皇帝查理五世。1540年访问时说的话。他认为巴黎这座城市既能弘扬美德，又能包容罪恶。

"对死亡来说巴黎是一个坏地方。对生活来说巴黎是一个好地方。"拉伯雷。因为它不能让人平静地死，却能让人兴奋地活。巴黎的悖论也是文学家发展出来的著名论述。

"喜欢巴黎温柔的瑕疵及其一切。"蒙田。因为巴黎缺点与优点的相反相成。

"巴黎一半是黄金，一半是垃圾。"伏尔泰。

雨果更有诗人的赞美兼讽刺：

巴黎是宇宙的同义词。巴黎就是雅典、罗马、西巴利斯、耶路撒冷、庞培。所有的文化在那里都有缩影，所有的野蛮风气也一样。巴黎会感到美中不足，要是它没有一座断头台的话。

来一点格雷沃广场是好的。如果没有这种调味品，那永远不散的筵席又怎么办呢？我们的法律在这方面高明地作了准备，有了那种法律，那把板斧便可在狂欢的节日里滴血了。（《悲惨世界》第三部第一卷）

由此可见，每个观察者，都可以根据自己的需求，发展出一套巴黎新论述。巴黎正是一个浮动的能指。

那么，我从巴黎这个符号中，发展什么样的论述呢？

我在巴黎的日子里，有一天参观完盖·布朗利博物馆，随便漫步到塞纳—马恩省河的河岸，无意中突然发现一个简单而巨大的灰色纪念碑，写着：千万不要忘记死去的阿尔及利亚人云云。

我回来做功课才知：1961年居住在巴黎的阿尔及利亚侨民，在争取从法国殖民者统治中独立出来的和平游行示威中，被巴黎警方残酷镇压，约有一百四十二人以上的阿尔及利亚人遭到杀害。

史家称，这是二十世纪巴黎的最血腥一幕。

我在巴黎的某天，在第十三区，亲眼见到一千多人的沉默游行示威，抗议法国对无证移民的暴力，悼念在法国警方调查非法移民的行动中，跳窗逃跑不幸身亡的华人刘春兰。

这也是巴黎的黑暗面。

然而我不是一个客观地认识、了解巴黎的学者，现实巴黎的真相与内涵，不是我所关心的对象。我也不是一个观光的过客，观光巴黎的光鲜与亮丽，也不是我所凝视的城市。

巴黎只与"我的凝视"相关。我是一个现代的"猎人"，目标

■ 巴黎只与"我的凝视"相关

■ 它是智慧、文明与美的中心，
是有许多"温柔的瑕疵"的中心

是"符号巴黎"，"符号巴黎"与"真实巴黎"分属不同的世界；文化史已经证明，"符号巴黎"具有极重要的价值。因而，猎取五彩纷纭的巴黎符号世界里那些飘浮移动的能指，从中也发展出我自己的一套论述。

我自己的这一套论述其实也很简单：另一种现代性，中国未完成的审美现代性。在我看来，正是十分鲜活地保存在符号巴黎的层层迷宫中。

记得陈寅恪先生说过一句话，中国制度与思想文化，最近法兰西文化传统。

这个"最近"中的"亲近"，即是"革命"。然而为什么我们只知道巴黎是传播革命的中心，是血与火的中心，是阶级斗争的中心，是打倒旧世界建立新世界的中心，而不知道巴黎其实也有另一种中心，它是智慧、文明与美的中心，是有许多"温柔的瑕疵"的中心。也就是说，巴黎是不革命的中心。

这就是我想书写巴黎的真实冲动。

萨尔茨堡书简

××兄：

　　我已经回到了巴黎，昨天给你家里打电话，你家没有人接。我在萨尔茨堡的旅游十分愉快，谢谢你推荐了这么好的一个地方。不仅因为莫扎特、海顿、卡拉扬的名气太大，而且他们都是我十分喜爱的音乐家，我一直认为莫扎特那样天真美妙的心灵是人类艺术史上至今不可替代的圣境，是无论如何人性堕落与万劫到来，仍然使人相信世间尚有理想不绝的一份重要凭证。在莫扎特广场与故居，久久流连不忍离去。我没有想到的是卡拉扬也是这里的人。卡拉扬的老贝是我听来每一次都受到身心震撼的至乐，1995年秋天，我心情最为沮丧的时刻，是听卡拉扬的贝五以及田园，心灵得以提振，犹如一枚电池经充电后再次充满新的活力。那年斥资一万五千港元购进全套音响，也是因为要拥有老卡的LD（呵呵，如今已经成为舍不得丢的古董了），这次得以访游萨城，真是生命中的凤缘。而海顿的《玩具交响乐》等，是那样的百听不厌，清新美好，已经成为我生活中的常备乐品。噢，我不能忘怀萨尔茨堡的山水城堡之美，清晨我在修道士山间小道上漫步，远处的阿尔卑斯山终年不化的冰雪在阳光下犹如钻石闪闪发光，环视身边碧玉如流的丛林，不禁一步一叹，体会飘飘欲仙之乐；尤其忽见隔山云间一古堡端然的那一

■ 萨堡留影

刻，我恍然有重返少年童话世界的身心欢畅。

我还要向你提起这个地方的人好。我下火车第一件事订票，第二件必要的事，行李包要寄存。但是我没能找到寄存处。幸好一位妇女暂时放弃了她正要做的事情，折身将我领着乘电梯往下，找到了寄存处，但是所谓寄存处，只是一投币寄包处。欧洲城市车站的投币寄存处，都是完全不一样的，如果不是她极为耐心的帮助，我由于看不懂德文，根本无法完成寄包这件小小的事情（慕尼黑车站就相当简明易会，柏林则既有自动，也有人工服务）。另一个带着小男孩的妇女，则是当她十分仔细告诉了我如何出了车站找到旅社的路线之后，还不放心，又回来交给我一张旧车票，上面清楚画出了路线图（我一直保存着这张旧票不忍丢）。

这个地方令人不敢相信的是，有这样的音乐大师，有这样友善的人民，然而在过去两千年历史上居然是德意法战争的兵家争夺聚集之土、残酷灾难之地。从公元前罗马军队的攻占，到四世纪开始长达五百年的欧洲民族大迁移，由此带来的长期动乱；从千年前凯萨巴尔巴罗萨为争夺主教而下令焚烧全城，到1944年盟军毁灭性的空袭轰炸，从十四世纪黑死病蔓延，全城三分之一人口死亡，到十八世纪大规模的驱逐新教徒，穿城而过的萨尔兹河水汩汩涌流，至今吟唱着千年苦难的慷慨悲歌。这个城市如此灾难深重却竟然产生了莫扎特这样的天使般美丽蓝天般纯洁的音乐，这不能不说是人性的高贵与尊严在面对死亡与灭绝中，生命的真正开花。

我由此想到与你探讨的一个很有意思的题目：文化是有尊严的。在现在这样一个后现代的情境下，人文与文明的尊严，正在崩解之中。如何守住这一份人类遗产，使生命真正开花，是艺术家们的一项共同的伟大使命。这次短短几天的接触，虽然不能说充分，但无论是你的极富现代活力与创意的学院、学生，还是你透过学生如何经由认知、试错而成长的言传身教；无论是大森林里的漫步与深思，还是读你的画作时的情思激荡，都分明让人感觉到一种真正的思想与艺术的冲击力与活力，感受到一种属于理想与激情时代的艺术家情怀。我们还会将这个话题继续下去的。

感谢你以及夫人的精心安排与热情款待，我度过在美丽的汉堡难忘的秋天时光。我将想念汉堡，那里的桥、波光、教堂尖顶与冯德康楼里的如梦如幻，以及大森林里的每一片小蘑菇。

问

好

夫人统此

晓明上

穿越国境线

我要告诉你我在欧洲旅行最值得骄傲的一件事情，即是徒步行走，穿越了德国与丹麦的国境线。

今天这个时代，在欧洲旅行，乘火车与汽车穿越国境是经常的事情。然而，徒步穿越国境线，则不那么容易了。尤其是对于吾国国民，国境线是何等重大的一个界线！

我要从弗伦斯堡这个小城讲起。我告诉你的不止是一些地理信息：德国最北部，与丹麦接壤，只有八万人口的一个海湾小城；也不止是一些主观的感受：那里安静得让人忘怀世事。据说格林兄弟也在那里住过。观光客文字，最容易犯忌的是两项：要么太客观，变成人人皆知的流水账，就像每个景点都有的那些令人生厌的纪念品。要么太主观，变成小资的顾影自怜。我此行的收获，是如此的美好，几乎等于感受了一个真正的现代童话，然而又绝不是我个人的观感，是已经在全欧洲实现的现代童话。

在德国乘坐火车一个很大的好处，即可以拿到一张很清楚的单子，上面标明了火车到站的车次、中转站、到达与开车时间以及终点或中转的站台编号。这真是一个相当理性的国家。

汉堡的友人开着他的大红美洲豹将我送到BUCH小站，早上九点的车，然后从汉堡换车往弗伦斯堡，中午即可到达。这是我打算前往丹麦，却由于时间不够，临时由友人建议作的调整。我对于旅游，最喜欢的就是临时改变主意，然后心血来潮，对于没有名气，从未听说的东西有眼前一亮的感觉。如果友人大力向我推荐诸如"梦幻莱茵"或"浪漫大学"之类的路线，我会感觉像是旅行社的一个"项目"，而索然寡味。所以，我在弗伦斯堡的所得，完全是无意而为之，就像是中国画论中说的"风行水上"，或中国诗话中说的"诗思飞来寻得我"。

我喜欢做的事情，是别人都没有怎么命名过，而由我开始来给它命名。这样一种以语言为工具，为未知世界确定、为不可见的经验命名的探寻，我称为"无中生有"，具有创造的快感。这需要胆识、勇气与好的语文的结合。当然，也需要德国友人这样的机缘。

所以，我对于弗伦斯堡的命名，即"活的现代童话"，是多种

■ 我对于弗伦斯堡的命名，即"活的现代童话"

因缘的和合。

我有没有跟你说过欧洲铁路公路两旁的草坡？那茵席般的温柔之乡，那舞动中的大幅绿绸。越往北走，奶牛身上的黑白越发分明，羊群越发安静，懒懒地头也不抬。这似乎是只有在舞台上才能看到的风景。我深知这是西方几千年不变的风景。一个九月的秋晨，坐在几乎没有什么人的火车里，车窗明亮而宽大。山川回旋，大地葱茏，流观千年的风景，感受变的是行驶之车，而不变的是天地之美，与神明之容。

如果没有时刻表，我就差点在前面的一个叫Rensburg的地方提前下车了，听起来就跟Flensburg差不多。而列车上是找不到乘务员来问的。连车门都必须自己开，这真是一个自己的事情自己做的社会。不过我想起报纸上说德国的铁路工人不久前才总罢工，为了增加工资，为了抵制铁路资本家的裁员。德国的铁路工人与美国的不同，法律规定他们罢工是合法的。幸好我观看过别人是怎么开门的，不然我可能就下不了车了。旅游中有点败兴的事情是难免的，好在有很多新鲜的刺激总归会调整好心情。

下车出了站，我正打听到一路开往丹麦边境的公交车，就上去，打算坐到头。我如果这样想就这样做，那就没有什么问题了。可是我太容易临时改变主张了，结果犯了一个错误，中途看见了一大片海湾，就像豆豆上街看见一个橱窗里有他心爱的玩具，就呆着不走。我也想我应该去这个地方呆呆，就下车了。这导致了后来几乎迷路的后果。

下车后我先看好了路，有一队背着书包的孩子拐入路边的一条小道，估计那个方向，我想他们一定是去海边玩的。然后到路边的餐馆，饱吃了满满一大盘炸薯条与烤肠，我记得是十四个欧。吃完

■ 走进去是哪里？　　　　　　　　　■ 边境的荒地野草

我走那条路边的小道，穿过一条长长狭狭的篱笆墙小道，两边都是私家小院。但是完全出乎我的意料，出来一看根本不是什么海边，似乎是进入了一个别墅区，两旁的房子极为美观，极为净洁，不仅形状相异，且色彩丰富谐调，以暖色为主调。我正在有点迷幻，似入仙境，忽闻远处某个地方似有水声，如涛声阵阵，这点醒了我意念中的目的地。尽管路十分幽静，一个人影都没有，我还是决定前往。这种未命名状态不正是我希望的么？

终于在路边看到两老夫妇，老头正帮老太照相。我上前寒暄了几句，他们告诉我这正是德国和丹麦之间的地方，再往里面走就是丹麦了。我心里得到了一种确定。但接下来的事情却让我着实吓了一跳。

我告别了二老，往前走，找到了水声的所在，原来只不过是一条小溪，水流湍急，在小桥洞下轰鸣而已。往左一转，小房子一座比一座好看，都没有一点声响，不知人都到哪里去了。

走到别墅的尽头，便得一路，通往远方一大林子。我正在犹豫要不要进去，忽见一买菜妇女骑车往里走，还对我笑笑。我想这里面大概是有人烟的。

151

在大林子路口有一遛狗的老人，也十分热心鼓励我，说里面是一个坡谷（我从他的手势里体会到的），一个来回，也不到半个小时。我这时感觉整个事情，就像是有美的精灵，不断隐身为小溪、房子、妇女、老人与狗，引着我往一个神秘的地方里走去。

我进去后就有点后悔了。那里面，并没有森林，一边是两人高的芦苇丛，一边是宽阔、深至腰间的草丛，草丛的尽头很远处才有人家。我想要是到了火车开的时间，还走不出来如何办？正想着，我最担心的事情发生了：

一条大黑狗，悠悠地，边走边觅食，正向我迎面走来。也不知是野狗，还是自己出来蹓跶的家狗。我小时曾被狗咬，而且也是一条黑狗。不要说单独与狗碰面，就是在人多的路边，我也避之唯恐不及。

现在真是冤家路窄，静得可以听到心跳，只有我和它！这时我心里暗下决心，如果它过来咬我，我就用手中这相机砸它。大不了就是机毁狗亡罢了。

然而，结果是，那狗依然保持着一种悠悠的样子，边走边觅食，从我身边走过，看都没有看我一眼。

过了好几年，我在加拿大访问的时候，才弄清楚，我当时在国境线遇到的狗，其实不是狗，很可能是郊狼。一种比较温和的狼。

要是当时我知道这一点，那穿越国境线的代价就太大了。

再接着往下说。如果没有再接下的一幕，我对于这样的遭遇几乎感到沮丧了。呵呵，那是何等意想不到的景象：就在左手的路边，一树野生苹果，硕果累累，地下已经有了熟透而落的一地果实！微风吹过，苹果还在往下掉！我等俗人，根本不会去想到牛顿那样的伟大发明，本能地即拾来一只大的，咬了一口，噢，那样的清香、脆嫩、酸甜，我从来没有吃到过这样美味的苹果，我一口气吃了六七只，现在想起来，都是满满的唾液欲流！那样人间难得的美味，怎能教我不有汉皋神女遗佩、王母娘娘赠桃、观音大士显灵的感觉呢。我为了证明我的故事的真实，还特意留了几个给汉堡的朋友吃，记得那天晚上，吃得他惊喜莫名。

后来我走出这条道，见一路牌，才明白原来这是一条边境的自行车道，穿越了德、丹两国。而野苹果树，为什么没有人吃，只听凭它自然而然地开花结果，自然而然地掉果子烂在泥里，这不是他们不知其美味，也不是他们家里的苹果多得吃不完，这也不是什么谜，而是一个真实的诗意，一个美好的象征：因为这棵野苹果树，恰好处于两国的交界处（与它平行的公路大道上，正有两国的国旗在飘扬），两边的居民，为了维护与珍惜他们来之不易的和平、友好、不争的美好社会，以一草一木，见其精神。

你肯定会问，真的是这样，还是你自己的诗意发挥？如果你明

■ 我走过的德丹边境

白了弗伦斯堡一城特殊的历史，你就知道我说的不虚了。

原来，早在十六世纪，弗伦斯堡由于海湾良好，船队宏大，远超同时期的汉堡和哥本哈根，成为北方最重要的海上贸易城市。也因为这样的发展，弗伦斯堡也成为战乱争夺之地。先是1864年的战争，使此城两派，倾向于独立的人与倾向于丹麦的人，决裂而战，结果北方大片土地并入了普鲁士王国，1871年以后，它成为了德意志帝国的一部分。不久后第一次世界大战，此后划定的边界，弗伦斯堡就成了德国的边境城市。

第二次世界大战结束以后，久经战乱的丹麦和痛定思痛的德国都有着同样的目标：恢复经济，共同发展。这个边境地区的人民的合作发展，精诚团结，成为了后来欧洲统一的一个楷模。弗伦斯堡人民是值得骄傲的，无怪乎这个城市早被选为欧洲少数民族问题中心(ECMI - European Centre for Minority Issues)的驻地。

这里的少数民族一方面融入了社会，另一方面还保留了自己的文化。我们看今天的欧洲，国家独立与发展的同时，每一地方都有自己的特色，但并不影响国家与国家的相互和平发展、交流往来。我们这样的旅游者穿行于欧盟大地，不仅完全没有任何边境的人为障碍，而且看到欧盟区内的物价指数、生活水平、社会秩序、法律政策等，大都没有什么太大的区别，几乎实现了天下一家的美好理想，大家结束千年政教纷争、兄弟恶斗的历史，放弃斗争，铸剑为犁，这不能说不是人类的一大福祉、一大奇迹。这一大福祉，这一大奇迹，正是弗伦斯堡边境一棵小小的野生苹果树，之所以婆娑摇曳，足以成为永恒诗意之美的一幅伟大的背景，自然，这也成为我将此行命名为"一个活的现代童话"的真实而充分理由了。

汉堡的中国文化创意

国际传媒艺术与新媒体学院，就坐落在汉堡的红灯区。我们去吃饭的时候，街上就已经站了几个妓女。这里是除了阿姆斯特丹之外，欧洲政府发给营业执照的另一个有名的红灯区，据说也有真人秀的妓女橱窗。不仅如此，这个地区还是七十年代著名的甲壳虫乐队的发源地。单凡——我在汉堡的朋友——是这家学院的院长兼董事长。几年前就将这座学院买下来了。经营甚佳，这些年毕业生都有广告公司抢着要人。单凡指着一幢房子对我说，这就是当时著名的歌手被抓进去的警察局。路边有好几家挨着的纹身店，三十八欧纹一条图案。单凡指着满墙的涂鸦说，正是这样的亚文化土壤，才是创意得以产生动力与想象，去对抗沉闷保守的资产阶级主流文化的理想环境。

我应邀从巴黎来汉堡，参加他的学院的毕业典礼。来了很多学生家长，以及企业的经理主管和设计人员。据说有不少已经是设计大师，但他们都非常随便，你从穿着上根本看不出来。

单凡与一个德方副院长站在主席台上。那个副院长负责介绍学生的特点，屏幕上打出学生的作品片断，随后由学生简短致词。每人大约三分钟，然后由单凡颁发毕业证书。副院长讲得非常轻松随便，又能得学生的特点，所以上下互动，场面异常热烈生动。一个学生上场时，底下往往大声地欢呼一片，致完词，又是欢声一片。好像整个学校都在为一人而高兴，一个人的尊严在一个片刻里成为全世界的国王。我深受此节日盛典的感染。比起国内的毕业典礼，似乎场面更为活泼亲切，更为以学生为主体。我们的院长们能不能把三十多个毕业生每人的特点都讲出来？我们的毕业典礼能不能做到学生的声音更大呢？能不能至少在三分钟的时间里让地球停止转动，给予一个学生一份拿破仑那样的尊贵？

然后一边喝香槟，一边看学生的毕业设计。三百多学生中，有三十多个来自上海与珠海的学生。注意到他们的作品有一些是以中国文化为创意元素的。譬如有一个法国学生做的是一个红色圆形的中国城，里面是一些园林，强调方圆的融合的感觉。据说这个设计已经在汉堡的一个港口实施落成了。有一个上海的女孩做的是大肚尖头细腿的人物服装系列，有新意。而另一上海的男孩则做的是一种除臭的小装置，从广告到产品到销售环境，内存细节十分细腻，整体环节十分到位。总之，花样较多，不拘一格，这是一个相当贴近市场的有关设计与创意的人才学校，非常国际化。它培养的人才，很快就能进入欧洲工业设计与商品创意市场的前沿。我与一些中国学生交谈，他们都很自信，有的愿意选择在德国发展几年后，再进入国内发展；有的则选择毕业之后回国发展。有一位山东小伙子认识了德国的很多朋友，所以他完全不愁没有机会。有一位来自珠海的江西学生，专业是摄影，准备回国做自由摄影人，或开影楼。他给我看他一百八十欧元买入的一部莱卡老式相机，认为比当今的数码相机的效果要精彩得多。另一位来自上海的女孩，看起来像一个乖乖女，一下子却像欧洲女孩那样掏出烟来，很老练地点了抽着。说起创业信心满满的样子，她已经在学校里做了助教，"我

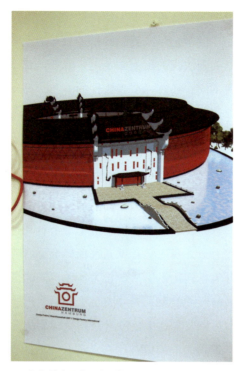

■ 汉堡的中国城设计：学生作品

不喜欢自己单独创业，因为我的长处是能够把别人交给的计划完成得很好"。这简直又是一个上海乖乖女的特点了。感觉到他们比国内的孩子更主动地自由地发展自己的特点。现代社会的自主性在他们身上表现得特别充分。

　　我们在一起谈创意，谈中国的经济起飞。我告诉你过我此番欧洲之行的一个体会么？那就是对于创意文化有了比过去更为切近的认知。什么是创意？创意就是人生的花样。钱穆先生解释孔子的

"游于艺",说"艺"就是"人生的花样"。"游",就是"轻松适意地生活","游于艺",就是轻松适意地活在各种富有花样的生活之中。你只要到法国的街上去走走,就知道什么叫作人生的花样。但是与古代不同,还有一个现代性的参与,即理性和区分。他们将舌头和口腔作了细腻的区分,所以有六万多种葡萄酒和数千种口味花样的肉肠;他们将嗅觉作了细腻的区分,所以有数百种香型花样繁多的法国香水;他们将冰淇淋作了细微的区分,所以有巴黎圣母院的门口,排着长队购买那种各种水果鲜味的冰淇淋;他们将服装作了细致的区分,所以有如梦如幻的各种服装,以其所附加其上的"梦意识形态",如影如魅地缠绕于每个看到过它的女孩子。你就看那个巧克力吧,我还没有见到过世界上能有哪一种食品,像巧克力那样充分地花样化,灵活变化为各种不同的消费群体、各种不同的时尚需求的可欲对象,充分满足了绮丽梦思、日常情调、交际需求以及儿童想象。我这里还没有谈到更深层的创意,如各种戏剧、音乐与文学带给人们的精神花样。没有创意的世界,就只是一个平面化、或单一意识形态主宰的世界,是只有权力崇拜,而令人窒息的世界。我在上海的某主要街道,某石化宾馆的门口看见一城雕,做的竟然是一个红红的"石油"的造型,这只是部门权力的象征。我在浦东,看见一城雕,做的竟然是东方红,一轮红日从海底里出来,这只是单一陈旧的政治意识形态的象征。这都是生活世界的空洞化。中国的创意文化,还有很长的路要走,我给那些学生大讲特讲中国正在起飞的趋势,真心希望他们能抓住机会回国做一番创意事业。

晚上,我们放弃了去酒吧的计划。单凡开着他的美洲豹,一路在六十年代一位美国乡村歌手沙哑粗重低沉的歌声陪伴下,一头扎进汉堡郊区浓重的夜色，赶往著名的北德自然保护区，进入大森林里安静的别墅。然后，沏上一壶清茶，与单凡灯下晤对，单凡留着浅浅的头发，就像小孩子夏天的光头留到秋天未剪，一袭中式布衫。我从他亦僧亦俗的容貌，从他清澈如水的眼神里，体味一股远远来自大森林的静气。

大森林里的诗学

■ 而在森林，你迷失了城市与文明的所在

　　久违了！这样清香、融合着桉叶与松树的气息，这样疏疏地透着阳光的林子，松松地踏在厚厚的地毯上的感觉，也不大听得见鸟啼，只有风与树梢的低语，又像松涛阵阵的声响。呵呵，这就是大森林。

　　大森林位于汉堡与下萨克森州交界的自然保护区，方圆数十公里。友人单凡的家就在这里。大概是因为空气特别好的缘故，我来巴黎这么一个多月，只有在他家的客房里，才算是真正睡了一个自然通透的大觉。吃了早餐，就与他前往大森林里去远足。此行有两小时。单凡说只有在大森林里，他才能够像重新清洗一遍身心之后，获得新的能量。古人所谓疏瀹五脏，澡雪精神。所以，他说每次从大陆回来，他首先就是要回到大森林里去走一趟。

　　森林与公园很不一样。在公园你知道城市在哪里，你还是在城市里；在公园你到处看见人，你还在人群中。而在森林，你迷失了城市与文明的所在，你真正回到了大自然的怀抱，不仅唤醒了你身上沉睡的自然之子的依恋，而且，久在城市中，太规范、太秩序、太刻板与理性了，有时候正是要迷失一下自己，这是生命的清新化。就像电脑重新安装系统似的，有一种重新获得的生气。

　　然而大森林的真正深处，也必然唤起你的汉子气与英雄气。因为那里面没有现成的东西，没有主要的路，没有明确的目标，也没有其他人作为你的生活的参照。为未知的前方命名，从齐腰高的草中蹚出一条路来，是要有勇气的。

单凡在前面走着，说着，大森林不过就是他的家后院子罢了。

■　森林中步行的画家

这个是榉木，这个是桉树，这个是某某花，这个是阔叶类的，如数家珍。有时要翻过一座小丘，有时要走过一条小溪，波光云影，水从石上轻流；断树为桥，我们从溪上走过。有些地方草很深，有些地方有几条岔道，要不是他说他经常走，轻车熟路的样子，我肯定不敢走！他说真的要走，这个森林几天几夜也走不完。

■ 一盘炒蘑菇

路边有很多蘑菇，有的是不能吃的。只有那种很粗壮的，颜色像烤面包的才能吃。采蘑菇不能拔，要用一个专门的小刀，从根部把它轻轻地割下来。单凡眼尖，常常可以在树根旁找到，而且往往找到一个大的，这边就会发现许多蘑菇。他把蘑菇取下来的动作，那么轻轻的，好像是接受大自然馈赠的一个礼品。

后来，我们穿过一个小山谷，山谷里开满了一种不知名的紫花，瓣如小米，穗似高粱，那样密密的一大片，像是厚厚的紫色绮

绣，仙女织出来的大幅绣品。山谷的尽头是一小丘，竟有一两排供人休息的拙重的木头桌椅，我们静静地坐在那里，俯看远处的林海，谛听秋天里的树叶发出悉悉的耳语，沉落于眼前印象派画家的迷人的紫色点彩之中。

忽然有一只野鹿，飞快地从我们的眼前越过，犹如火箭那样的速度！单凡拍着手，野鹿停了下来，隐身在花丛中，竖着耳朵谛听。我从远处看去，它的双耳，在大片紫色的花丛和一抹逆光的映衬下，毛茸茸的透明。

这是一座多么感性、灵性的大森林呵。然而我们不知道的是，大森林里的那些别墅，其建筑，极富于高含量的科技理性。它的内部构件工艺之精细，完全可以用放大镜去苛求检验。它的墙体，嵌入了一层类似人体皮肤结构的高科技仿生布料，这层布料的厚薄，完全是根据一家几口在室内生活产生的湿度，精确地计算出来的。这样可以保证室内不湿不燥的人体自然舒适。其他玻璃窗的保暖系数、防紫外线指数以及节能标准等，都有一丝不苟的分析与数据。因而，这是一个以高理性来求取高感性的生活环境。

有一次，单凡对我说："我画竹子非常理性。"我问他，你有没有受日本艺术与禅宗的影响？他很肯定地说："完全没有。"他又很兴奋地补充了一句："我是从极理性的一头，做出极感性的结果来的。"

单凡不仅是一名画家，还是汉堡一间国际传媒艺术学院的院长。那学校的校园形象，由他设计为一种朱红与黑色相间的调子。从小小信笺、到楼梯教室、到毕业典礼，又感性又理性。在他的经营下，这间学校在当今的国际艺术院校中名列前茅，师生多次在国际顶级的艺术展览与设计大赛中获大奖。他是进入现代工商文明体系，得其环中，而艺、功双携的艺术家。他这种生活方式，得益于理性与感性的融合。

正是在这样的环境里，单凡以数千以计的精细设计，成功构思了二百多种与传统不同的毛竹图案，其中，每一根线条，都经过科学家式的计算；每一个图案，都彼此不同，完全经得起最苛刻的分析！无怪乎有人说，这本身几乎已经成了一种经典图案学了。同时，他还试验了以两个星期最精细的写实油画功夫，来完成一幅中国画一挥而就的墨竹，以极其理性的方式，达到了极其感性的结果。这是一个与东方式的强调悟性的艺术完全不同的现代艺术。但是又达到了一个当代中国达不到的极其东方的艺术成果。所以，我以为，他的艺术创造，与那个神秘深邃而极其现代化的自然保护区

大森林之间，有一种生命的同构的关系。

巴黎的深秋时节，我受邀到那个学校去做过一个讲座。那天，连续下了几天的雨，天终于放晴了。汉堡的秋色很美。街道上的车与人都很少。单凡开着他的美洲豹，一路卷起鲜红或柠檬黄的树叶。车窗外瓦蓝的天，从疏萧的树枝里透进来。车里正放着一个英国女歌手的歌曲，清冽透亮的女声，回旋着上升，也从疏萧的树枝里透出去，车窗外瓦蓝的天，也跟着歌声一道回旋。讲完讲座，我又乘他的美洲豹，去汉堡郊外森林里的别墅。一路上，常常是一百八十码的时速，单凡说他不能慢下来，要保持一种活跃的情绪状态，不然就会睡着了。我见到大家都很快，但是路上极有秩序。这样的文明环境，也正是极感性与极理性的有机结合。

在德国的那些日子里，我从北德的其他城市，如汉诺威或不莱梅或吕贝克，回到单凡在大森林里的别墅，须由快速火车，换乘一般火车，再换乘支线的小火车，每个班次，都井然有序，时间精确到了分钟。我可以放心地在别的北德城市等博物馆关门之后，从容吃了晚餐，再赶回大森林。这让我体会到了德国生活方式的理性谨严与现代化。

我后来几天看单凡画室、画册里，以及汉堡的酒店、学校里的作品，更透过与他的交谈，印证了这个观点。他到德国的早期作品是抽象画，虽有些赵无极的味道，但更为人间化情感化，也更多一种美丽的缠绵，多用红色，多用飘忽的笔意。"红楼隔雨相望冷，珠箔飘灯独自归"，有一种身份的未定，生命的飘泊，乡关的无依，东西彷徨的意味。那里的紫色，犹如"玉郎会此通仙籍，忆向天阶问紫芝"，是通仙籍的身份，与天阶的叩问。

我也喜欢后来他的工业风景的阶段创作。那些混沌未凿、大气磅礴的厂房、车间、码头、车站，那些又迷蒙又瑰丽的色彩，又狂放又拙重的形状；从原先喧闹繁忙、生龙活虎的生灵所聚，到改天换地、塑造历史的山河岁月，再到完成历史进程，豪华落尽，老境平淡，工业风景从来没有像他的笔下这样刊落声色，以宝相示人。春、夏、秋、冬四时的命名，也体现了一种美学：从史诗一般的时间与空间，来审视这一幅历史大生命的意义。一如他在大森林里探路，尽管他探出了道路，却又是走得出来。画家的视角虽然超越，也是入世的，既下视尘寰，又悲歌慷慨。

而近期的毛竹系列，我更是欢喜莫名，我还从来没有发现中国的竹可以有这么高贵丰富的美！那其中也是十分的富有张力：既现代又古老，既传统又后现代；虽然是无土无根的竹，却写来满纸喜气、满纸精神；是东方的静与禅思，却分明有名士的任气、才子的才情，以及儒者的雅量；是极简的形，却也可以读出无穷的哲思；是朝向世界与未知的探问，也是返身回首的谛听。单独看是一竹一世界，一叶一精神，合起来看又是无限意味的潇湘，衬托着东方文明在今天的欣欣生意。

在巴黎期间，我反思现在的中国文化，纷繁复杂，其实有两个大问题。一是以西化中，一是以中拒西。其中充满了焦虑。而当代真正优秀的艺术家的世界，没有紧张，没有冲突。他自由游走于东西之间，以西求中，以中证西，无非是自信地走了一条自己独特的道路。

我看现在世界文化，也有两个问题，一个是太相信理性，一切都安排与规划，好像不安排不规划就不是成熟的现代的人生与社会，一个社会完全寄托在理性的规划里面，太相信自动的程序会解决人生的一切问题，这不免危险。另一个问题是太放任感性，纵欲、无秩序、无度、破坏、投机。

真正的艺术家，正是时代敏感的良知。他们以心灵体认时代的病痛。回应这一病痛的方案，正如禅宗公案里说，一方面，是"深深海底行"，一方面"高高山上立"。深深海底行，就是以厚重对肤薄，以认真对浮泛，以诚笃对夸张，以理性来抑止破坏性的感性冲动，疗治以纵欲、无意义为目的的艺术痼疾。"高高山上立"，就是以理想对虚无，以想象力对市侩庸人，不忘艺术源初鲜活的生命感发与自由想象，不弃追求解放与大胆怀疑的精神，不停止往高处走，去探索人类未知世界的梦。只有透过深深海底行的苦修与彻底，才能获得高高山上立的丰富与喜悦。

有一天晚上，我在大森林里读古诗，令我惊奇的是，我不用默读，竟也极其清楚地听见我的心里的读音，声声玲珑！那确是一种从未有过的阅读体会。

■ 森林里的天鹅

啊！海涅

从法兰克福乘旅游大巴，直下科布伦茨，吃完晚饭后，在莱茵河谷乘船回法兰克福。秋天的莱茵河谷，色彩斑斓，如老贝的第一交响曲。岸边的葡萄园与树丛，就是展开的卢浮宫里的油画。一个多小时后天色渐暗，然而蓝幽幽的夜空背景下，一座座古堡，灯火朦胧，楼影嵯峨，犹如童话世界。游客们都怕风，躲在船

■ 导游说到罗莱娜的传说，说到海涅，他那首诗歌已全然不记，可是年轻时读诗的感兴与意境，仍依稀可忆

舱里不出来。甲板上只有我和通用公司的一名中方代表。面对这个蕴育了歌德、席勒、贝多芬、海涅等伟大人物的德国文学母亲之河，我只有默默致敬。我特别不能忘记一个人，是海涅。游船经小山罗莱娜（Loreley），景色平平无奇，然而导游说到罗莱娜的传说，说到海涅，他那首诗歌已全然不记，可是年轻时读诗的感兴与意境，仍依稀可忆。

在汉堡的街头，看见海涅的雕像，我对友人说，我从年轻时就读海涅。你帮我照张像吧。

在吕贝克的街上问路，用德语发音试寻海涅的故居，居然有人懂了，欣喜莫名。表明我与海涅有缘，也表明德国人没有忘记他。

可以毫不夸张的说，海涅是对我影响最大的德国文学家，歌德的智慧与深情，卡夫卡的深刻与力量，尼采的激情与超越，里尔克的高远与深邃，都不如海涅，那样清澄的丰满，又那样神秘的悠远。因为，海涅是引我入西方文学之门的第一人，也是引我入现代新诗的第一人。乘着歌声的翅膀，北方的一棵松树，寂寞而孤独的女神，新月与暗海的深处，永恒的海浪与鸥鸟，我的心如小鹿一样撞动……这些海涅碎片，是我十六岁对于女性、青春与自我的最纯洁的恋爱。《诗歌集》里的插图，都是海水边的仙女，丰腴、浑圆、宛转动人，她们的眼睛与头发，隐藏着无尽的梦与缠绵悱恻。她们的肩头与大腿，有天风与海波最深长的呼吸。

后来在大学里学外国文学史，老师说到海涅是一个革命诗人，是革命导师马克思所推崇的反抗旧制度的诗人，我绝望地知道了我所追随推崇的海涅，原来并不是真正的海涅，那时只有黯然神伤，好像天空中摘除了太阳，校园里每一朵夜来香，都失去了它的幽香。在大学时代，很多时候，知识增时只堪疑，对原有的生命的怀疑，有时是知识增时只堪悔。

然而我后来才懂得了，真正的海涅，对于不是专门研究外国文学的中国读者及文学爱好者来说，其实并不重要的，最重要的是在对的时间，对的生命季节里，读对的书。海涅就是我那个生命季节里最"对"的书。

如果没有海涅的《诗歌集》与《新诗集》，我就不会直到今天，依然将女人不只看作女人，而是仍存幻思，不时会将女人看作天使、世界的光、山中的仙、天地间美妙的精灵。当然，在现实生活中多数时候不是这样。

如果没有海涅，我不会对杭州的西湖杨柳，普陀山的海浪，花莲的星空，阿里山民宿的夜色，有一种说不出来的真诚的感动。那里的空气里，永远有童真的清新。

如果没有海涅，我的文字里会少很多唱叹与歌咏的意味，我的经历里会少很多诗意的喜气，我的记忆里会少很多凭窗向远方的凝视，我的血液里会少很多酒意。

为什么会这样？道理很简单，我接受海涅的时候，十六岁。母亲的友人，深目高鼻黑肤高个头的罗以烈叔叔，借给我《诗歌集》。那时的我根本不会接受向往法国革命、憎恨德国，马克思恩格斯的好朋友的海涅。

如今我也在海涅曾经漫步的塞纳—马恩省河畔散步。他在这里讴歌的法兰西，跟我所论述的法兰西，已经不是同一个法兰西。尽管如此，德国一点不在意，我在德国，到处都看见海涅的雕像，在杜伊勒夫、在吕贝克、在哥廷根，到处都有他的故居。终于，还是德国人记得他，而巴黎的蒙马特公墓，是没有多少人会去看海涅的。巴黎变了，世界也变了。

 与舒伯特雕像合影　　■ 海涅故居

在汉堡讲中国文化

　　北欧的秋色醉人。我应汉堡大学孔子学院和汉堡国际传媒与新媒体学院之邀请，在那里作了两场讲演，一场是十月二十一日晚在汉堡大学孔子学院作的《君子成人之美：中国文化的一个特点》，一场是十月二十三日晚在国际传媒与新媒体学院作的《妙谛法身：中国美学的一个特点》，并回答了听众的提问。两场均获成功。

　　我为什么要讲第一个问题呢？简单地说，中国作为一个大国的崛起已经不只是一个说法，而是一个事实，而且是非常重要的世界大事。那么，作为一个崛起的大国，我们的思想与文化的准备如何？我们的精神形象如何？这不仅是一个重要的文化传播课题，不仅是一个重要的时代思想阐释课题，而且是一个文化重建的问题。我们就仅仅是靠几个口号么？我们仅仅是靠学习西方么？我们仅仅是靠老祖宗的现成答案么？这都是问题。中国有几千年的文明遗产，有学习西方近百年的经验与教训，有当代的重要思想实践，因而有责任、有能力回答这些问题。总之，崛起的大国是一个经济与政治的强国，更是一个有思想、有文化的主体性的大国，中国思想的重新认识，必然成为一个"在场"。

　　在尚待解读的中国思想中，我感到儒家的一些人伦思想，不是解读得太多，而是解读得太少了。在西方世界，我们讲中国文化的好处，远远讲得不够。所以，我要讲，就讲中国文化中的精华。"君子成人之美"，正是这样的一个文化大义。我能讲的，是结合文学传统与思想大义，来真正讲出其中的价值。有理念型的讲法与经验型的讲法，其中的问题，有很多是须以分析方法来讲的，但我今天只取理念型的讲法，得其大义而已。

我为什么要讲第二个问题呢？这关系到我对中国美学与艺术思想的理解。"如来的真身，其实是不占面积的！"但是我们看中国当代的现实，随着中国的富裕化程度提高，越来越追求一种占有性的、纵欲式的、空洞化的、狂欢式的美学精神，越来越失去一种谛听生命之妙音、游心宇宙之悠渺的审美精神，因而，有必要在创意的时代，在汉堡这样的国际创意之都，讲讲中国的美学真精神。

我心目中的中国思想与中国艺术，与当代中国的表现，都是有一段距离的。这就是我的天真的文化理想主义与文化乌托邦主义。

访托马斯·曼的故乡

　　秋天的阳光里，我从布克霍兹车站动身，乘RE列车，穿过汉堡，约半个小时，即到达吕贝克。一下火车，远远地就看见在清亮的天空下，若干个大教堂的尖顶俯视着吕贝克的小城。与法国的教堂不同，这里的大都是哥特式的，高远而冷严。过了一座桥不久，就看到了美丽的荷尔斯登城门（Holstentor）。过去进入吕贝克只能通过四座城门，其中最有名的是荷尔斯登城门。我沿着古老的十三世纪的楼道，盘旋着上了城楼，这里已经是一个有关这座城门与桥的博物馆了。里面有一个年轻的父亲向儿子解说各种海鱼的标本，大概是当年的贸易主要物品。

　　整个老城令人心醉地保持了中世纪的风貌，满眼都是老房子、老街道、古老的招牌与狭窄的小巷。我在一条小巷子里发现了一座小型木

 吕贝克一角　　　　■ 吕贝克街上

偶艺术博物馆。里面竟然收集了从欧洲各个时期到亚洲、大洋洲、非洲的各种木偶戏道具，最让我惊奇的是我没有看到过的中国乡村的皮影和京戏的面具、道具等，都是从中国的民间收集而来的。当然，面对着人类相同的装神弄鬼的表演童心，不能不为之动心，我在那里花十欧元买了一个小木偶送给豆豆。

作为欧洲北部第一个被列入世界文化遗产的城市，吕贝克也是重要的文化生活城，在这里产生了诺贝尔文学奖得主托马斯·曼与文学家亨利·曼。他们的布登布洛克之屋就在吕贝克旧城中。我随便问谁，他们都知道托马斯。据说君特·格拉斯也在这里，也有这么一个屋子，可惜我没有时间去访问了。一个小小的城市，居然出了这么多重要的文学家，确实是让人钦佩不已的。

吕贝克给我的感觉是温暖的秋阳与清透的秋空。到处都是金色的树叶，不管是什么树。斑斓的色彩就像是天真的儿童调色板翻在纸上，不小心就成了杰作，大自然就是那么自然无邪。而教堂的每一块墙，都是温暖的，富于咖啡、面包与德国烤肠的色泽——噢，我也该吃点什么东西了。

维诺那

车一进入意大利，山好像都比法国野了些。导游放《我的太阳》，今天正是帕瓦罗蒂下葬，听来别有一番滋味。导游说自己是音乐世家，妈妈是唱歌剧的，所以大谈金属C的美。老帕其实看不懂五线谱，没有进过正式的音乐学院，完全是几百年才出一个的天才。如果没有他，歌剧绝不可能如今天这样普及。中国老话说的：人能弘道。而且他跟那些流行乐手同台演出，就显得那些乐手的声音多么平庸，只是小混混。车行意大利，最愉快的是环海岸而走，天蓝蓝，海蓝蓝，天海回旋，真的犹如"桑塔路西亚"的欢快，"重归苏莲托"的欣喜与"我的太阳"的豪情。我以为老帕正是代表了意大利的民族性，天才，野性，与来自大地与海洋最佳结合的元气。

到米兰，就是看看教堂，看看商店，两个小时，就催着上路。没有什么可讲的。国际时尚之中心，跟我一点都不亲。

夜宿维诺那。有一莎士比亚的博物馆，人争照相。一条极美丽的老街，其中有朱丽叶的故居，小小的一个院子，川流不息的人群，排长队与朱丽叶铜像合影。要去楼上朱小姐的阳台上留影，还得付五欧元。尤其是那墙，写满了字，贴满了纸条，层层累累，说来也好笑，朱丽叶明明是文学作品中的人，怎么有这样弄假成真的事情？感叹为什么我们的

■ 天才，野性，与来自大地与海洋最佳结合的元气

林妹妹、杜丽娘，不能成为大众情人，也不能有一安魂之地。不过，莎翁写朱丽叶之时，有云："她虽然死去了，但是嘴唇仍然温热。"真是千古名句。回到车上来，口占一首：

维城小巷神妹门，题壁万千聚黄昏。
忽忆莎翁真切语，人虽已去唇尚温。

罗马的黄昏

　　看完了罗马的斗兽场和废墟，又去看火神庙和罗马假日里的那个怪兽口，路经联合国粮农组织门前的一大片草坪，有今人的装置艺术，将千万只圆形灯洒在偌大的草坪上，令人耳目一新。口占一首：

> 断柱残垣一荒丘，繁华曾是帝王州。
> 不知新景谁栽成，万盏星灯天宇游。

　　说起那个帝王州的斗兽场，几千年过去了，那些密扎扎黑乎乎的石阶与门洞，深深的底部平台，插入天空的残缺墙头，看起来依然惊心动魄，想想当年提留斯为斗兽场落成举行盛大仪式的那天，有五千多头牲畜，翻滚着吼叫着，在观众的发狂欢呼之中，相互咬啮撕斗而死；而图拉真的时代，那一万名达契克的俘虏，经过长时间的相互角斗而死，想想那些俘虏也是人，也是上有老下有小，不能不说一句，人类这个两脚无毛的动物，今天确实进步多了。所以罗马旅游的最佳路线，应该是这样的：经斗兽场、而废墟、而联合国粮农组织。眼前的这个装置，舒展明亮，清新透气，令人有天翻地覆的感觉。

　　由于欧盟新规定司机工作五天必须休息一天，所以我们在罗马有了较为充分的逗留时间。晚上我们住在罗马市中心的共和国饭店，那门前的老马路是千年留下的石头路，车声轰隆，房间与床都一齐震动，半夜难以入眠。白天我们徘徊在罗马古老厚重又现代繁华的大街上，流连于万神庙、天使桥、少女喷泉与梵蒂冈，看法拉利跑车，琳琅满目的意大利品牌，也看着刺目的涂鸦，以及郊区大白天站在马路边的妓女；听着隆隆的车声，听导游说着梵蒂冈教宗的故事，西西里"教父"的故事、黑手党与警察互为利用的故事，以及意大利男人爱妈妈胜过爱妻子的民俗，爱地方胜过爱国家的观念，我心中的罗马，融合着历史的知识，一点点地清晰起来。

那天晚上，我和两位同游与大队走散了，我们在中意饭店吃面。温州老板娘亲手端上热气腾腾的汤面，那是我们意大利之行一路上，吃到的最为可口的食品了。"一方水土"的真切意味，再也没有比这时更清楚的了。

然而做服务员的那个中年温州女子，却问了我们一个莫名其妙的问题："你们押给导游多少钱？"

原来，有不少旅行团都要收押金的，三五万不等，因为常常会有人通过旅游而脱团不归，成为当地的非法居留者。温州女子探亲过来的，她两个儿子都在这里，都做生意。"三五万把块钱算什么，走了就走了。""这里工作多得很，语言不会也有的是事情做。""苦点累点，没有人管你，想想赚的钱是用十来乘的，就满足了。"想起导游说的，天主教传统深厚的国家，对所有的难民都视为上帝的儿子，没有歧视，这样意大利就成为了难民、非法移居者、偷渡者的天堂。

呵呵，脏兮兮的罗马，与美丽的罗马；粗犷尚气的罗马，与伟大文明的罗马，就是这样明明白白在我们的眼前。这里是一个充满

■ 不知新景谁裁成，万盏星灯天宇游

张力的世界，一个充满矛盾的世界。

我们看罗马的历史，知道它也是这样的。一方面是生活的腐败。帝国时代，财富涌入，人竞贪婪。当时有人曾抱怨说："罗马已成了这样一个城市，在那里，情妇的价格高于耕地，一盆腌鱼的价格高于耕地人。"然而，"罗马亡于腐败"又是被历史学家早已质疑的旧论。因为，其实当时上流社会最普遍信奉的是斯多葛哲学，提倡的是不失为节制理智的生活。上流社会传统的更多的行为规范和礼仪是谴责那些公开炫耀其生活腐化、行为无节制的人。更多的主流是主张过一种既有享受，又有理智的生活。

罗马一方面是屠杀，譬如斗兽场的残酷；但我又不能不说它又是最理性的，罗马毕竟有一个最有成绩的思想成果，即罗马法律背后的自然法。自然法即人生来平等、天赋人权，后来成为了西方文明主流的理性主义哲学与思想最重要的一块基石。

不是说意大利人重地方重家庭，更重于国家么？其实古罗马的国家认同，也很像今天的国家认同。譬如当时的士兵们首先忠于的不是国家，而是他们的指挥官；他们指望从指挥官那里分得战利品和土地，而将军们愈来愈将他们指挥的军团看作自己的附庸军。将军们利用附庸军来大发个人之财，也像今天的地方官。

罗马一方面是身体的，一方面又是灵魂的。"身体"方面最典型的，是古罗马的实用技术，远超古希腊文明。它的供水管道、马路、世俗生活建筑等设施，尤其是罗马著名豪华的公共浴室。它们不仅提供着充沛的热水浴、温水浴和冷水浴，还设有锻炼身体的设备、休息室、花园和图书馆。它们是当时规模宏大的"运动健身俱乐部"，"健全的头脑寓于健康的身体"，它们是这一思想的实践人。

然而罗马不仅是身体的，罗马君王与基督教的和解，最终也表明了它对于灵魂生活的关注，从此，耶稣不再是一个神秘暧昧的人物，而成一个真正的救世主。基督教在那样一个混乱时代，在老百姓感到无家可归、为生活所抛弃之时，提供了友谊。所有基督徒都是兄弟，他们的聚会常被称作"阿加比"，意为希腊语中的"爱"。他们相互帮助，用自己的虔诚和克己树立了一个能鼓舞人的、富有感染力的榜样。记得简爱对罗切斯特有一句话说得好："虽然我长得不好，虽然我很穷，但是我们在上帝面前，是平等的。"这句平平淡淡的话，细思却极具雷霆之力，极其形象地表明了上帝以及基督教的意义：在一个尽管充满了差别、充满了不平等、充满了真实人生有限与缺憾的现实世界里，毕竟，有一个最后的底线，根本的砝码，那就是上帝，他成为人生最后尊严的保障。上帝就是一条生命线，就是生命的一个重量。上帝是一个醉汉也能

■ 罗马不仅是身体的，罗马君王与基督教的和解，最终也表明了它对于灵魂生活的关注

有他做人的尊严的保证。所以，在梵蒂冈时，我给圆圆发了一张明信片，感叹那个广场上万人云集，听教宗传教的场景，今天依然不可小视的宗教力量，其实来自人类生命内在的尊严。

这就是罗马。西方文明的动力，正是在身体与灵魂、理性与非理性，神性与物性，现世与超越，多种张力中前进的。最典型的表现就是像谜一样让人永远想不透的意大利，他是那样的懒散，却又那样的天才，拥有世界上最顶级的品牌，最一流的艺术家，也有世界上最非理性的事物。呵，"条条大路通罗马"，原来这句话就真的是意大利精神的写照，连罗马的小偷，偷你的时候，也是一种行为艺术！

最迷你

■ 威尼斯外海

　　威尼斯的人与鸽子一样多，我基本上没有
找到什么感觉。那个"贡都拉"，收费很高，却多
拉快跑，讲好的三十分钟，只划了二十分钟就到了。不过，在但丁的故
居前照了相，尤其是狭窄的水巷里，也唱了几句"我的太阳"，音色共
鸣，非常之好，算是圆了少年时代威尼斯水乡之梦。

　　但是从威尼斯出来，我们投宿一个叫REMINI的海滨小城，才找到
了真正意大利的感觉。吃完海鲜面，就买了一条游泳裤，到海边去游
泳。天上几颗星星，沙滩一片漆黑。我和旅行团的一个外国小伙子一
块，几乎是冲下海去的。轻轻一划，似乎就到了大海的深处。我在浙江
的普陀山，在厦门的鼓浪屿，都下过海，却没想到地中海竟有如此宽广
的呼吸，没想到如此摇篮一样的轻柔。忽然看一眼陆上，只见岸上灯火
朦朦，人影绰约，遂赶紧往回游。后回忆，得诗一首：

　　　　波平风暖垂一星，海体渊深气息深。
　　　　渐泳渐知灯影远，此游奇绝冠平生。

　　回来的路边，有一桌子的意大利人，都是中年男女，弹琴唱歌，饮

酒作乐。与我们打招呼。RIMINI，真是应该译为"最迷你"。我差点被你迷惑而走！

■　地中海之夜

尚贝里途中（外二首）

九月七日，经里昂，穿阿尔卑斯山区，宿尚贝里。里昂有新建小王子碑，高坐林梢，清简端然。出人意料，有如见故人之感。途中景色甚佳，时有林间小湖，长林丰草。晚餐为匹萨，八欧。夜天湛蓝。途中有诗：

　　林深湖小似遗钗，坡底羊眠即缀珠。忽忆主人曾识面，卢浮宫里旧仙姝。

■　坡底羊眠即缀珠

九月十四日，至翡冷翠。少年习画，摹过大卫、蒙娜丽莎等。长读大学，心仪文艺复兴之史。沿城边长河而行，有诗云：

西方千载文明风，萍起翡城秀气中。最是少年心里梦，秋光白发此相逢。

中午觅一牛肉面包店而迷路。小巷通幽，闻其饼香而不得其门。语言不通，仅凭数码相机内一帧照片问商女，彼亲引至店。店老板竟能华语："辣？不辣？"一行尽欢。有诗：

大卫广场饼正香，迷途引路赖贤商。如何一语乡音唤，犹有先人古意长。

不是美学之外：文化形象传播的故事

我们在海外访问，经常遇到的一个问题是，中国看起来是正在崛起，但是中国人的形象如何？以什么样的姿态、形象，来到世界的面前？这不是美学之外的问题。这里，以我参加海外旅行亲身经历的三个故事，作为文化传播的个案来分析。

个案1：一欧元的故事

有一天晚上，我们到佛罗伦萨城边上的一个饭店吃饭，有两个来自上海的女孩子，各自点了一份汤，菜单上是3.00欧元。但是最后埋单的时候，老板多收了1欧元，就去问老板，老板解释说你们看的那份是老菜单，最近已经调整了价格，这一客汤已经成为3.50欧元了。老板还出示了新菜单，说老菜单还没有来得及全部回收，希望能理解。上海女孩就为这事找导游，要求导游出面与老板说理，要回多收的钱。导游认为这事太小，不值得，而且人家老板已经解释过了，上海女孩不依不饶，心里认为导游白吃人家，所以就不愿得罪他们。就这样为这事发生争吵，有的团员也是站在导游这一边，说为这事产生矛盾不值得，"想想你们出来的目的是什么"，不要为一点事情破坏了旅游的心情。

后来，厉害的上海女孩自己找到了老板，老板不仅退回了多收的钱，而且为旧菜单没有收回而造成的过失而道歉。

我认为这是一个小小的缩影，反映了中国当代的社会特点，也反映了中国人在海外的形象，这个形象也表现了中国文化传播值得注意的问题。什么特点？

1. 学习西方有了成效，用西方人重契约讲理性的方法，取得了胜利，这是好的方面。

2. 但是如果过于理直气壮，过于咄咄逼人，就有点过头，其实不必与导游争吵，可以直接与老板讲理。直接沟道比间接沟通效果好。而且，在我看来，似不应为一两元钱的东西，把自己变得张牙舞爪，破坏自己文明的形象，

3. 中国人应该懂得的是，在个人的权利之上，有更高的文化权利，即与人为善、助人为乐、乐善好施的文明形象。

中国文化传播、中国形象的一个重要提示：中国强大了，起来了，但还是要讲礼貌，讲温柔敦厚，不要过于咄咄逼人。自尊自信，也是有过头的时候的。我认为一定要特别注意我们是一个温柔敦厚的礼义之邦，要有这样的文化自觉。因为中国人不大有礼貌，譬如在吃自助早餐时，就有人从我的肩膀上越过去急急地取东西。也缺少排队的习惯。

从文化形象上看，这在西方人看来，无疑是潜在的征服者。

个案2：咖啡与茶的故事

在路上的时候，导游是个在西方国家生活了二十多年的华人，而且是音乐世家，文化知识特别丰富。他一路讲了很多意大利文艺

复兴的音乐、文学、美术、建筑，但是居然中国的团员，有人投诉他，说我们是出来休闲旅游的，不是来增加文化知识，不是来上课的。导游感叹说中国人文教育太可悲了，人都变得这样功利和没有文化。我也赞成导游的观点。其实，这样的旅游者，也传播了中国人的文化形象，就是没有文化，暴发户。台湾人可以在船上打麻将，从三峡打到新疆。

但是这个问题也引起了争执。上海女孩认为投诉有理。为什么呢，因为导游确实太过于西方中心论，太西方化了，譬如讲一个咖啡也要讲很久。其实我们的茶文化也很伟大嘛。没有必要讲那么多、学那么多西方的知识。特别是没有必要表现出西方就是最好的心态。

这里有两个问题。一个问题是中国人的文化教养确实不够。西方人对艺术的态度，虔诚专注，那种仔细认真地看画、看展览的态度，很值得学习。另一个问题是，表现了中国当代的一种思潮，即民粹主义，青年一代爱国、对中国文化有了感情，这个是好事，但是不应该把自我尊重与学习别人，对立起来，变成两个相互不能容忍的事情。而且仔细想一想她们自大自尊的感觉，其实类似一种暴发户的心态，我也有钱了，你凭什么教训我？我也有好东西，凭什么你只说你的好？我花钱，是来买服务的，凭什么要来受培训？我消费，我就是主人，凭什么我要被人消费？这样，其实就把自己封闭起来了。以上这两个问题有联系，即封闭自己，可以成为文化教养不足的借口。两者相互成全。

这是暴发户与自闭者。这两种极端的形象，有时候是统一的。

又有一天，也是吃饭。我们的合同确实是写明了：用餐是"自助"，导游并没有责任为每一位客人点菜。因而，导游就自己吃自己的，常常不管游客。正好有两夫妇是来自重庆，来探亲的，不懂英文，也不懂法语，无法点菜，所以就到处请人帮忙。这个现象后来成为大家对导游不满的一个理由。导游一方面死扣合同上的文字"自助"二字，另一方面大谈西方社会如何让人"自助"，这背后的文化精神，即让每一个人都能够自主、自立、自己发展自己，在错误中学习成长。导游这样一说，大家也就没有话说的。是呀，合同上没有点菜的责任呀，而且，这个团里，留学生多，应该自主。导游说得不错，合同也是完全遵守了的，没有问题。但是我还是认为导游有错。他错在哪里呢？这里其实有文化冲突。即中国人的人情观念，帮助观念，与西方的契约观念和自立观念，在一个特定的场合有冲突。并不是说西方的不对，而是场合不对，在一个有老人、并且有不懂外语的老人的旅游团里面，讲自主自立，并不合适。

这是中国文化传播的缺失问题，即，中国文化该理直气壮地强的地方，并没有强起来。本来可以以中国文化来补充西方文化的不足的地方，但是并没有，文化缺失了。文化缺少了自觉，因为中国文化有事可做的。

以上三个故事可作有结构意义的文化传播文本，进而分析，首先，它们反映了中国目前的形象：

这是一个破碎的、分裂的形象，既有强者，也有缺位者；强者因学习了西方而强，却丢失了固有文明的优点，也只是片面学了西方的某些优点而已。缺位者相反，没有学到西方的优点，即缺失了旅游应该有的丰富性，而只成为一种单一的休闲目标。既有前现代的教养低下者，又有后现代的东方主义者。而且相互加强。试想，如果外国人参加中国旅行团，仔细观察中国人的表现，中国人到海外所传播的真实情况，远远超过了其他传播手段。

这样一来，在西方人眼里，中国形象基本上就是：后发而乐观、充满活力，教养不足、秩序不讲而自大自尊，一个不太善意的新来的征服者。

其次，人是最重要的媒体，使吾人认识到，文化传播的首要目的，其实还是为了中国自己的发展，而不是将外邦中华化。文化交流的一个重要功能即从外面照镜子，重新认识自己；"文化走出去"某种意义上也是让中国当代文化在国际秩序中通过检证而看清自己，因而代表着中国文化建设的一次重要机遇。实质是一种双赢契机：一方面是借助中国崛起的机会，传播中国文明的种子，正如第三个故事所启示的，我们在传播中华价值方面可以做的还有很多；另一方面则是借助国际形象重塑的东风，提升国人的教养，富而好礼的公民，正如第一和第二个故事所启示的。

图书在版编目（CIP）数据

巴黎美学札记 / 胡晓明著. —— 上海：华东师范大学出版社，2017

　　ISBN 978-7-5675-7309-3

　　Ⅰ.①巴… Ⅱ.①胡… Ⅲ.①散文集 – 中国 – 当代

Ⅳ.①I267

　　中国版本图书馆CIP数据核字(2017)第329688号

巴黎美学札记

· ·

著　　　者　胡晓明

策划编辑　许　静

项目编辑　陈　斌

审读编辑　宋金萍

责任校对　时东明

装帧设计　风信子

内文设计　卢晓红

出版发行　华东师范大学出版社

社　　　址　上海市中山北路3663号

邮　　　编　200062

网　　　址　www.ecnupress.com.cn

电　　　话　021-60821666

行政传真　021-62572105

客服电话　021-62865537

门市（邮购）电话　021-62869887

地　　　址　上海市中山北路3663号华东师范大学
　　　　　　校内先锋路口

网　　　店　http://hdsdcbs.tmall.com

印刷者　上海丽佳制版印刷有限公司

开　　本　890×1240 32开

印　　张　6.25

字　　数　136千字

版　　次　2018年1月第1版

印　　次　2018年1月第1次

书　　号　ISBN 978-7-5675-7309-3/I.1850

定　　价　36.00元

出版人　王　焰